谨以此书献给 1942—1945 年的
全体沁源英雄军民!

解放日报

JIEFANG RIBAO

社址：延安　第一七九号　今日出版一大张

中华民国卅三年一月十七日　夏历癸未年十二月廿二日

启事

（右上角为各种启事栏，包括"征收动物毛绒皮具启事"、"新兴工厂出品纺毛纱铁锭及锭荷盖——纺毛机零件……高等法院生产委员会启"等。）

纺棉纱车廉价预订

东关合作社启

在延安纺织业劳动英雄社会代表大会上

刘建章同志号召

组织起来就要合作起来

全县四分之一人口已参加合作社

去年共为群众谋利两万万九千万元

今年两大任务

发展股金两万万元

选举两万六千股

向全边区县联社竞赛

社论

向沁源军民致敬

（正文略——长篇社论，叙述沁源军民六年抗战历程及敌后斗争英勇事迹……）

新四军威震上海近郊

胜利进击奉贤敌据点

苏北黄师收复东坎

红军继续推进

克林科委启西

以温涅萨东重创反攻敌

演涟被敌强抓壮丁

携械逃来我根据地

沁源1942

蒋殊 著

山西出版传媒集团
山西经济出版社

扫描二维码·听名家朗诵经典篇目

扫描二维码
听山西经济广播全书播讲《沁源1942》

沁源人，终是沁源人

◎代序

沁源不远，至少它离我的家乡武乡，仅仅75公里。两县的区别，是太行山与太岳山的区别，是浊漳河与沁河的区别。

抗战时期，武乡驻扎着八路军总司令部，沁源驻扎着太岳军区司令部。太行山壁立万仞，太岳山巍峨高耸，像两兄弟肩并走天地间。从太行到太岳，绵延着同一种刚正不屈的精神与气魄。

《重回1937》采访之际，有老兵告诉我，一次回家探望母亲，

沁源 1942

归队后却发现部队在夜里接到临时任务，翻过太行山，到太岳山那边去了。

那一年，他才16岁，是刚到部队的农家娃。他不知道，茫茫太岳山在哪里，只能含泪重新报名。

70年后他依然耿耿无法释怀，太岳山，让他丢了最早的战友。

给我讲述少年时望着太岳山方向痛哭的老兵，在2020年春节过后离去了。忘记问他，此后有没有翻过太行山，去往太岳山，寻寻战友？

当年战斗的人，一批批葬身两座山下。侥幸活下来的，也相继离开了。好多事情，来不及做，甚至来不及说。

抗战岁月，太行、太岳两座山上，携手拉开抗日救亡的壮烈篇章。冲锋号声，时常在两山之间回荡。

对于太岳山，我知道的不多。但我知道，太岳山中的沁源，有一群"英雄的人民"；我还知道，沁河的源头沁源，是一座"英雄的城"。

我要去看看。

沁源也很远。没有高速，没有火车。因限速，75公里路需要行驶两个小时。感谢这漫长的路途，让我有时间，慢慢靠近，将感情慢慢融进。

打开地图。山西，像一片侧向树叶。很巧，长治也是。一左侧，一右侧。而沁源，干脆就是一片完好的正向叶片，不是扇形的银杏叶，不是掌形的枫叶，不是线状的柳叶，也不是油松的针状叶，而是如梨树叶的椭圆状。

山西地图上，沁源处于东南中间。长治地图上，它在最西北。

踏上一片叶子的旅途,开启一片叶子上的行走。

《魏书·地形志》载:"羊头山下神农泉北有谷关,即神农得嘉禾处。"因此,西汉置县时,这里名"谷远",王莽时又改为"谷近"。

远远近近一番,到了三百多年后的北魏初年,又改为"孤远"。或许,是觉得这里"孤苦遥远"吧。

也着实,除了太岳山,沁源周围还有老爷山、摇头山、绵山、石膏山、霍山、青龙山、罗云山,等等。或许正因为"万山环列,易于哨聚",沁源,才与独霸一方、称为晋王的猎户田虎,一起在《水浒传》中亮相。

山高,沟深,林密,闭塞。也正因此,形成了沁源人自古刚烈倔强的性格。这古老厚重的山水又极其包容,称霸的,避难的,悠然田园间的,一代代融洽相处,互不干扰,充盈着这片土地。

尽管闭塞,尽管交通不便,却从来不缺繁华。比如朱元璋之孙朱佶焯在明朝宣德三年(公元1428年)就被封为沁源王。当时他的土地沁源,必是经济文化繁荣昌盛,百姓生活安居乐业。自朱佶焯开始,八代沁源王在这山水间生生不息150余年,留下多少王公贵族的足迹,他们写诗作赋,赏花围猎,积淀着沁源的文化与繁华。

即便到了1937年,沁源也是引人注目的。作家丁玲10月份跟随129师来到沁源时,惊喜地在文章里写下,"那是个非常好的地方""刚刚走过的那段大街,是我们很满意的,人口稠密,看样子老百姓没有逃走许多,市场上颇为热闹,这是自从离开太谷后所见到的最大的地方"。

丁玲将沁源与晋商重地太谷相比,可见当时的繁荣兴旺。

然而那是1937年,这样的日子很快就没有了。

飞机来了,炮火来了。烧,杀,掠,夺,一片一片的血。

1938年4月,正是梨花盛开时,日军对晋东南根据地发动了第一次九路围攻,整整七天七夜;1939年7月,第二次九路围攻在两天两夜的夏雨中进行,日军残杀沁源干部群众1574人,被俘去生死不明者545人,损失粮食3000余石。

彼时,因多种局势变化,自太岳区地委于1939年9月迁入沁源后,山西第三专署也在沁源孔家坡建立了白晋路西办事处。1940年元月,陈赓率领的八路军主力386旅及总部特务团进入沁源董家村一带,统一指挥太岳区部队;山西新军213旅57团,汾城、襄陵(今汾城镇、襄陵镇)自卫队以及地方干部三千余人也突破阎锡山部队包围,转移至沁源;周边相继沦入敌手的介休、平遥、沁县、屯留、霍县、灵石6县,以及遭遇到"晋西事变"的汾城、襄陵、安邑、猗氏、万泉、洪洞、赵城7县,共计13个县级以上机关与大批地方干部也相继转移至此。一段时间内,沁源常驻人员包括3个地级以上、13个县级党政机关、大量武装力量达到3万人。沁源成为太岳抗日民主根据地的腹心和主要依托,赢得太岳区"小延安"之称。

也因此,日军把沁源视为心腹之患。

百团大战之后,1940年10月的秋色里,日军对太岳区进行了疯狂的报复性大扫荡;11月17日,又集结优势兵力,分10路重点合击沁源县城及北部重镇郭道地区。短短半个月时间,沁源县男女老少4981人被日军杀死,占全县城乡90%以上村庄被烧为焦土,12.7万余间房屋被烧毁,10万多石粮食及无数牲畜、财物被洗劫,留存数百年的文物古建被毁,只剩下一座被日军占用的县衙大堂。

太岳军区司令部旧址

鲜血满地。

集结在太岳山中开展抗日救亡的八路军、决死队、地方武装，积极寻找制敌对策，于1941年初忍痛对沁源做了分割，以朱鹤岭为界，从此分为沁源、绵上两县。

手足分离，隔山而望。

太岳山中的抗战越来越艰苦。1941年12月7日，日军启用350余架飞机偷袭了珍珠港，之后正式向美国宣战。美国随后签署对日宣战声明。第二次世界大战太平洋战争由此爆发。为配合太平洋战争，日军加紧了对中国的进攻，将华北地区不断分剿、蚕食，又将"腹心"地沁源划为"剿共实验区"，于1942年秋天集结重兵力再次直插过来。

日军的目标，是将沁源建成一个"剿共样板"。

沁源，成为世界反法西斯战争的东方主战场之一。

这片叶子，伤痕累累，摇摇欲坠，由绿变黄，继而泛红。

日军的算盘，打得几近如意，将太岳山中这片抗日根据地变为敌占区。

家园被占了！

关键时刻，太岳区党委出现了，县围困指挥部决策了，万人大讨论展开了。沁源人刚烈倔强的一面，被激发了。

山醒了，树醒了，水醒了，大地醒了。山中的儿女们，也醒了！他们从血河中起身，从田间，从炕头，从山梁，从河畔，集结过来。

"撼太岳山不易，撼沁源人心更难！"他们绝地反击，采取了"深山大转移"战略，决心困死敌人。

从1942年5月17日到1945年12月23日，《解放日报》共刊登关于沁源抗日战争的报道104篇，其中两年半围困报道70篇。从醒目的头版社论《向沁源军民致敬》，到反维持、抢粮抢种、地雷战到民兵故事等大小消息，将沁源军民推上抗战时期绝对的主角位置。

沁源人的抗战事迹，遍布全国各地。新华社战地记者江横在1944年2月4日的报道《沁源人民已百炼成钢》一文中曾这样称赞："中国历史上也曾出现过不甘于被异族征服的人民。南宋江南人民自动地反抗元兵，吕文焕6年苦守襄阳；明末人民抗清13年，阎应元领导民众，坚守江阴81天，全城97000人殉难，只剩了53人……这些坚决反抗压迫的优秀的民族传统，正为今天抵抗日本侵略的沁源人民光荣地继承和实践着，而且，他们把它更加发扬光大了。"

"维持，毋宁死！"已成为抗战时期沁源人民共同的政治信念。沁源人终是沁源人，他们宁死不屈服，不"维持"敌人，这种崇高的革命气节，已在抗战史上写下最壮烈的一页！

"沁源，没有一个人当汉奸！"这话，只有沁源人敢说。

启程吧，带着敬畏，以及一些疑问，走进沁源，从1942年秋开始。

目录
Contents

动人的大转移
001

一个正确的领导，一个核心人物，一群坚定的跟随者，朝着一个正确的方向，进发。看上去屋子都空了，然而放弃的是家园，放眼的是大局，积聚的是精神！

冷冬的深山，劝解、动员、万人大讨论，艰难抉择过后，最终选择了"不回去，不维持！"让炊烟在山中冉冉升起。

大山深处的炊烟
017

暗夜逆行人
033

一次次逆行，就是一次次扬起！

1

目录
Contents

深夜，吊桥下的"黑山羊"
047

沁源城里，有数不清的"黑山羊"，在守卫着家园。

火，烧去所有叶子，而叶子会重新生长，因为它的根，扎在沁源的土壤。

后花园的火
057

桃卜沟的两支枪
067

无论是枪支还是手雷，它们的任务都一样：紧跟手握他们的人，誓死保卫沁源！

目录
Contents

向山而奔

079

一边是黄土,有战火闯荡;
一边是大山,任英雄飞扬。

讲述是别样的风景,风景是沁源的英雄,他们在雨中闪着光……

雨水依然落在佳处

093

绵上的力量

105

"我们,在一起,联合抗日,坚决抗日,直到胜利,因为我们是绵上不朽的力量!"

沁源 1942

目录
Contents

二沁大道上的冰与雷
115

聚满了兵和民,扛起了枪和炮,我们,坚强不屈地走在二沁大道上!

他在努力地奔跑,就像沁源始终没有停下脚步,一路英勇茁壮,直见抗日朝阳!

奔跑的少年
131

女人花
141

谁说女子不如男?看,沁源的女人花开满太岳山。

目录
Contents

高岗上，哨树下
157

生命，在哨树下前赴后继；
精神，在高岗上直冲云霄。

他呼喊着"打倒日本侵略者"，倒在了看似荒枯但却沸腾的土地。从此，鲜红的生命力随枯木与沁源一起重生。

任彦在这里
167

召则垴的腥风
179

抗日英雄辈出的地方，在山西沁源；沁源英雄辈出的地方，在召则垴。

5

目录
Contents

1945，春节的黄昏
191

看不见春节里的张灯结彩，却看得见春节后的光芒万丈。

响雷了！响得震耳欲聋！《解放日报》之《向沁源军民致敬》字字句句声震八方！

别样雷声
205

战地黄花，铿锵"绿茵"
217

军民团结必胜！无论是坑道内还是舞台上，抗日之花次第开放！

目录
Contents

1947年夏天来信
229

一封信,是党的关怀;一封信,可润泽民心。一封信背后的讲述,饱含深情与感恩。

后记:这就是沁源
238

动人的大转移

一个正确的领导,一个核心人物,一群坚定的跟随者,朝着一个正确的方向,进发。看上去屋子都空了,然而放弃的是家园,放眼的是大局,积聚的是精神!

动人的大转移

太岳山中的百姓不会想到,他们的命运,会与遥远而陌生的太平洋扯上关系;他们或许一生也不会知道,当年他们小小八万人的决策,不仅影响到中国,而且牵动着世界。

"娘,我们去哪里?"
"深山!"
"深山在哪里?"
本就是山里的人们,要去往更深的山里。

沁源 1942

> 一九四二年，
> 正值秋收天，
> 日本鬼子横行霸道进攻咱沁源，
> 又杀人又放火，真呀么真野蛮，
> 从此后沁源人民遭下了大难。
> 半夜就起身，
> 鸡叫就爬山，
> 沁源人都住进深山里面，
> 铺黄蒿盖百草冷水拌炒面，
> 多少人白天黑夜眼望着延安……

新中国成立后，张怀奇等人创作了《回延安》，真实再现了沁源百姓当时的生活。

只是这些吃糠咽菜的普通百姓理解不了，日本人为什么看中并要占据这片偏僻的深山老林；更想不通，为什么要让他们抛弃家园住进深山。

太岳抗日根据地，是 1937 年 9 月毛泽东根据华北抗战局势，在变更八路军战略部署中亲自选定的"眼位"。之所以选定这里，一是可以依托太岳山脉进行独立自主山地游击战，作为坚持山西以至华北抗战的一个支点；二是可以展开与太行山、吕梁山部队的相互策应，保持八路军在战略上的主动地位；三是能随时出击同蒲铁路线，钳制敌军进攻太原和继续南下。

然而敌后抗日根据地的迅速建立和扩大，引起华北日军的极大恐慌。特别是随着广州、武汉于 1938 年 10 月相继失陷，抗战进入战略相持阶段后,日军停止了对国民党正面战场的战略性进攻,逐渐将主要兵力转回后方,将进攻的重心置于华北。仅1939年夏天的"九路围攻",日军就打通了白(圭)晋(城)公路和邯(郸)长(治)公路,占领了沿线城镇,将晋冀豫抗日根据地撕裂,分割为太北、太南、太行、太岳四个相对独立战略区;将晋东南根据地割裂为太岳区与太行区两块。在敌人的疯狂打击下,八路军华北根据地在三年间减少了近2万平方公里,人口减少一半以上。

与此同时,伴随着国民党的"消极抗日",阎锡山也于1939年12月制造了旧军打新军、反共夺权的"十二月事变";第三行署主任孙楚在晋东南制造了晋沁阳事变。1940年初"十二月事变"被粉碎后,中国共产党从抗日大局出发,与国民党和平协商划分了双方驻防区——在晋东南以临屯公路为界,以南为国民党驻防区,以北为八路军和新军驻防区。

由此,在太岳地区山西中南部同蒲铁路以东、白晋公路以西、临屯公路以北的三角地带,便形成了一个相对独立的战略区。同时为适应战争需要,沁源以朱鹤岭为界,分为沁源、绵上两个县。

沁源,便成为太岳根据地的腹心,也成为日军的眼中钉。他们企图以沁源为中心,通过"腹内开花"式的清剿,将太岳根据地"分割蚕食",达到各个击破、最终摧毁华北敌后根据地之目的。从1938年春到1940年秋,日军三次大规模进攻扫荡后,使沁源失了原有的模样。

日军偷袭珍珠港后,太平洋战争打得如火如荼,日军的野心越来越大,将在中国华北推行的"治安肃整运动"扩大为更残酷的"治安强化运动",按类别划出"治安区""游击区"及"外治安

沁源 1942

刘开基　沁源县围困指挥部政委

沁河镇城南村人，1937年加入中国共产党。抗日战争时期任沁源县委书记，兼县游击大队政委。

区"，施以不同的政策，不同的打击手段，目的就是要摧毁抗日军民的生存条件。

1942年10月中旬，日军开始秘密向沁源周边集结部队，陆续在同蒲、白晋铁路和临屯公路线上设立驻扎点，主力是由侵华日军第1军参谋长花谷正少将指挥的第36师团222联队斋藤与鹿野两个大队、69师团60旅团伊藤大队。他们规划出宏大的蓝图与梦想，再次踏上这片坚甲利兵攻不下的堡垒。

他们摩拳擦掌。

他们磨刀霍霍。

他们发誓要血洗这片土地，征服这片土地上的人们。

69师团，是侵华日军的一支老牌部队，代号为"胜"。伊藤大队下属四个步兵中队，一个炮兵中队，一个机枪中队，一个卫生队，一个工作队和一个苦力队。另有伪军一部，共约7000余人。

那是10月20日，日军兵分七路，向沁源、绵上发起进攻。

这一天,县委会正在召开。夜里十点,时任县委书记刘开基接到各据点敌人已经向这里进发的紧急情报后,果断下令:"将县委机关与城关群众从城里转移出去!"

种种迹象让县反"扫荡"指挥部感受到,敌人这次是与以往不同的"扫荡",他们妄图配合政治上的怀柔,一步步"蚕食"太岳根据地。

此次入侵沁源时,敌人就在城东门楼上写下"剿共灭匪""明朗东亚""建设华北"这些大字标语,还在城外竖起一块"山岳剿共实验区"的大牌子。

沁源,不得不做长期打算。县领导与太岳军区知道,这必将是一场漫长的硬仗,要打赢,须得决策正确,军民齐心。

全民大转移。这个想法不是随意跳出来的。将百姓与敌人隔离,是剥夺敌人掌握主动的完美开篇。

可是,即将入冬了,舍弃热炕头,住进山里?尽管动荡,尽管贫穷,毕竟是家啊!毕竟穷家难舍。把家园让给敌人,进入一座一无所有的深山?之前消息一出,一些老者当下便老泪纵横。不舍得,想不通,不情愿啊。何况,那坛坛罐罐,那猪圈石碾,那牲畜牛羊,如何安置?

动员工作,如和风细雨。党员出来了,干部出来了,民兵出来了,积极分子出来了。一家家走访,一户户动员。讲事实,摆道理。担心到外村无法安置的,把对方村干部请来动员;家里人力不足搬不走东西的,民兵顶上;无理由坚决不走的,动员理解的亲戚前来说服。

犹豫,矛盾,牢骚……一点点被化解,人们默默做起准备。

10月20日的沁源古城，依旧像作家丁玲在1937年看到的一样，街道人来人往，店铺正常营业，屋内饭菜飘香。

可是，飓风来了！

从城关开始，首脑机关、主力兵团，连同群众一起，连夜大转移！

敲锣，打钟，声声传递出不容迟疑的信号。

被窝里爬起来，挑灯坐起来，埋藏物品，烧光柴草，拔去磨芯，填掉水井，杀鸡宰羊。锅，碗，瓢，盆；米，面，菜，盐；铺盖衣物，甚至桌椅板凳，挑在男人肩头，挂在女人臂弯。孩子们懵懵懂懂，跌跌撞撞，跟着队伍向山中行进。

不忍回头。他们弃了家园，还亲手毁了家园。

带走所有，毁掉一切，彻底转移，空室清野，只为隔断所有的留恋，更为不给敌人留下任何可利用的物资。

10月下旬的天气，瑟瑟的冷风回荡在太岳山中。月光幽幽，洒在沁河两岸；星星点点，照在沟沟坎坎。人群有些杂乱，却沉闷无言。

深山，有些惶恐。它不知，这样的秋夜，人们为何纷至沓来；也不知，土梁沟壑如何变成人的家园。

山是熟悉的山，却要成为陌生的家。

队伍里，有银发拄杖的大爷大娘，有健步的青壮年，有牙牙学语的孩子，还有酣睡在大人怀中的婴儿；队伍里有牛羊，还有被主人不弃的狗。最让人踏实的，是背着武器掩护人群的民兵与游击队员，以及协调安置工作的党员干部。

那夜，敌进，我退。

日军兵分多路，趁着夜色，向沁源这片朴素的大地恶狠狠围拢而来。自沁县方向来的一部翻过潘家山、龙佛寺，进入老窑科青龙沟；另一部从白狐窑直插交口、作坪；平遥、介休来的推进到朱鹤岭一线；霍县方向一路从七里峪、五龙川到韩洪、李成以西，另一路翻过黄梁山直奔西雾、柏子以南；洪洞、安泽扑来的直入中峪、柏木之间。

暗夜里，两股擦肩而过的力量，火焰都在胸中积聚。

次日拂晓，日军合拢，全面进入沁源境内，之后又迅速发散，一路变两路，两路分四路，四路成八路……渗透进沁源的每一寸大地。

他们得意扬扬，在神不知鬼不觉中铺开一张无缝的大网；他们掩饰不住兴奋，太岳军区司令部、县委县政府，已经被死死困在网中央。

飞机来了，大肆盘旋在头顶，嗵——嗵——嗵——一颗颗炸弹争先恐后，扑向城内。他们满以为，随之而来的是惊慌，是惨叫，是流血，是死亡。然而一切出乎意料，城中只有炸弹寂寞的回响。这座他们挖空心思侵占了的城内，不仅没有意想中的首脑机关，连老百姓都没有一人。他们精心占领的，竟是一座空城，甚至没有一只鸡，一头猪，一粒粮。

留给他们的，只有墙上几行醒目的大字：

"一年战胜希特勒，二年打败日本鬼！"

那一行字，分明是沁源人明目张胆的挑衅，是刀，是剑！

那行字里，有沁源人的委屈，更有重回家园的信心与傲骨。

平素繁华的街上，只剩下一家酒铺，一家慰安所，以及一家蒸

沁源 1942

馍店。稀稀疏疏的灯光,偶尔响起的野狗叫,死寂般让人恐惧。

转移出城的战士、民兵与游击队,反身封锁了城内的日军。只要有人一出据点,就以各种方式骚扰回去。

不仅找不到做事的百姓,自己倒成了困兽,日军羞愧不已,愤怒无比,于是常常在星夜出发,挥着血淋淋的刀枪,分路向侯神岭、

为了围困日寇沁河两岸群众向山沟转移

罗山、青龙山、潘家山、龙泉山和大林区等人迹罕见的深山密林进发。他们发誓,要进行"腹地开花"式的大"清剿"。

沿途百姓一群群被抓,一批批被杀。

跟着转移到山中的县反"扫荡"指挥部很快决定,除了那晚转移出去的城关百姓,还必须将敌占点线安沁和二沁大道两旁离据点十里、离大道五里以内的群众，全部转移。

两条大道以城关为中心，北上交口、圣佛岭直通沁县，南下阎寨、中峪可达安泽、洪洞。两条大道连接起来，仅沁源境内就有120余里。这是处在美丽富饶沁河滩上的一条线，周边村庄自北向南有23个，星罗棋布，人口稠密。古代客商经过时，曾编成趣味的路单：

> 圣佛岭上吸袋烟，
> 看见狐窑、化峪、安乐关。
> 铺上、石銮、交口镇，
> 官军、石渠、罗家湾。
> 沁源城里好东关，
> 老师衙门在半山。
> 牧花园、四维、韩洪沟，
> 有义、阎寨拐阳泉。
> 北石、南石五里路，
> 顺河下去到南川……

23个村庄，加上离沁源城最近的城关，共有3200多户人家、1.6万多人。而他们赖以生存的耕地，有4.2万多亩，70%都属于旱涝保收的"米面囤子"。

要拱手让出了。

沁源县反"扫荡"指挥部知道，这一步棋，不得不走。与其被围困，不如以己之长，击敌之短，相信群众，发动群众，展开游击战争,把敌人围起来,困起来,再逼走。

11月下旬,又一场秘密大转移开始了。

局势混乱,却秩序安稳,纪律严明。

一条条山路,一道道山梁,如蚁的人群,趁着星夜,向深山挺进。

短短五六天时间,1.6万余人的秘密大转移全部完成。安沁与二沁大道一夜之间没了人烟,而平素只有野兽动物出没的深山,却布满星星点点的灯火。

这样的转移,从县城到两条大道沿线,又一路扩展延伸。转移到深山的范围,越来越大,进驻深山的人群,越来越多,创造了沁河两岸宽十里,长百里内无人烟的奇迹。

"把大道上的碾子、磨子、水井,都破坏掉!"一声令下,一条线上的生活用具全部被毁。城关至石渠破坏了近40个碾和磨,4眼水井;下留一带破坏了磨碾14个,水井6个;白狐窑至交口破坏了磨碾22个。

随军记者江横曾在文章中这样写下:"在城关、阎寨、中峪、交口4个据点里,共有4600多人口中,无论贫富,也无论士绅、名流或挑担小贩,没有一人停留在村镇里不走的,更没有一人去'归顺皇军'的;由城关西南到中峪、亢驿,东南到霍登、桑凹,西北到李元、李成,北到崔庄、郭道,东北到交口、圣佛岭,五条大道,50多个大村镇(占全县4/5),方圆三百里长的空间里,没个人影,简直成了一个没有人民的世界!一个个村镇,连饮水井都用粪土填塞了,磨碾也破坏了,埋藏粮食衣物的土洞则被群众星夜挖空。"

沁源换了主人，却完全失去了生存的物质基础。彼时日军才知，沁源人并非被吓跑了，而是换了地方退守。

太岳军区党委同时决定，以38团为主，从25团、59团各抽调一个营，以及洪赵支队一部，会同沁源县大队、区小队，各村民兵组成13个游击集团，在日军据点周围广泛开展麻雀战、阻击战、地雷战、伏击战与破击战，对日军进行昼夜袭扰。

城内，室中空空，仓中空空，瓮中空空。井中打上的水，散发出阵阵恶臭。无奈，日军只好到几里外的沁河去挑。然而那流淌着清潾潾沁河水的河边，早已有神枪手在等待伏击。他们才知道，挑水也是战斗。于是不得不让士兵持枪保护挑水人，并从两个人增加到一个班。

尽管如此，却依旧不仅要丢了性命，常常连水桶也要失踪。

夜晚的入睡，更觉凄凉。架床无木板，炕上无席片。无奈的敌人只好找来杂草铺在身下。没有柴火，只好将门板拆下。

人无粮，牲口无草料，只好杀马充饥。

一座萧瑟的城，只剩寒流。

时驻沁源日军大队长伊藤中佐不得不向临汾师团司令部求援："来到这里没有人，没有水，没有粮，天天有病倒的……"

这还不够，隔三岔五的夜里，战士、游击队员、民兵轮番联手，凭借熟悉的地形摸进县城。这年12月5日，沁源一区12个村的300多位民兵就在县围困指挥部的统一部署下，配合25团一个排夜色中围攻了阎寨。他们冲进村时，敌人的哨兵竟悄悄逃回工事里，任凭民兵们在村中点燃大火，在山上吹响冲锋号，击鼓声、鸣锣声、喊声、杀声响彻一片。

两天后,又有第一、三区民兵群众千余人配合 38 团 6 连冲进中峪,伏击,诱敌,土枪、土炮、石雷齐上阵,哗啦啦的火力搅得敌人一夜未眠。到了 24 日,二郎沟口一个设在窑洞里的暗哨更是直接被一梭子弹扫射。

　　"轰隆隆——"

　　"砰砰砰——"这样的声音在寂静的城内响起,常常让敌人心惊胆战,惊慌失措。摸不着头脑,只能机枪、手榴弹慌乱地一阵投射。

　　无奈,敌人只能增加班哨,仅城关就设了 17 个哨位。后来又改为流动哨。然而任凭怎样改,依然逃不过暗夜里民兵与游击队的一双双眼。

　　堵路,封城,围铁丝网。敌人的最后一招,就是给自己牢牢筑起"城墙",将自己裹在中央。

　　两年半之后百姓返城时,见到这样的打油诗:日往红波夜,身在圪针巢,望虎深山虎不在,大城大乡无人烟。

大山深处的炊烟

冷冬的深山,劝解、动员、万人大讨论,艰难抉择过后,最终选择了『不回去,不维持!』让炊烟在山中再冉升起。

大山深处的炊烟

> 深山的炊烟,升得很艰难,然而最终一缕一缕,铺开在沟里沟外,沟上沟下。

  沁河的胸怀是广博的,太岳山的胸襟是宽阔的。两岸的深山密林尽管惊讶,尽管手足无措,还是以极大的热情,接纳了这群衣衫褴褛的来客。

  乌木沟,永宁沟,崔庄半沟,龙泉沟,青龙沟,王家山,马泉,菩提塔,大林区……曾经,这里只有与野生动物相伴的树木野花荒草。此后,遇了坏年景,河北,山东,河南,一个个蓬头垢面者翻山越岭而来。宁静的大山,以博大的胸怀,淳朴的姿态,拿出土地,分出河流,还有一坡一坡的野菜,让远来的流浪人安了家。

几乎与世隔绝的大山深处,有了人烟。人们说着不同的方言,延续着家乡口味,在这片新的土地上一代代集聚成沁源新的力量。

他们不会想到,并非饥饿的年景,1.6万余本土人会在一个夜里黑压压拥进这宁静的沟沟坎坎中……喘息声,叹息声,哭泣声,响彻幽深的深山与密林。

连脚下这片土地也惊恐了,不堪重负。

"老乡,挪个地方吧?"颤颤地一声恳求,让这些曾经的难民猛然回到从前。当初,他们何尝不是慌乱而无助地闯入这片山中,何尝不是忐忑地叩响一户户人家的门。他们知道,侵略者到了;他们不知道,沁源人没家了。

不用多说,开门纳客。只是不曾料想,逃荒人成了主人。他们忙前忙后,将所有能住的房舍腾出来,甚至放杂物的茅草屋,甚至牛圈羊圈。

也还是缺口很多。那么就不要屋子了,不要空间了,哪怕先坐下来,喝口水,喘口气。

初入山时,天气尚且不太冷。白天,人们散开来,靠在墙根略微晒晒太阳,努力寻求着可安身之所;夜里,便不分老幼,不分男女,炕上炕下,勉强合个眼。

"打暗窑,分散转移,找亲戚,指定住地。"这便是最初转移到山中百姓的安置方式。

山里的逃难窑洞,挂一个草帘,挡一块破木板,便成了家。

时隔77年之后,90岁的有义村老人郭春梅还清楚地记得,

曾经百姓的山沟生活

"那天天黑了走的,先去了法中乡支角村,在一个沟里头"。全村十几家四五十人,分四五拨向支角出发。60里路,走了几乎一晚上,到了地方天还没亮起来。"当地人还睡着呢,有人就简单搭个棚棚住下来。天亮后占了人家好几个院子,空的窑洞都给腾出来了,一家人挤在一个屋里。"她说有些是先她们来的难民,不认识,但都互相帮助。"有的把草房里的牛牵出来,铺上新草让我们住。但是安顿好也不敢放心住,还得上山躲,晚上才敢下来。"

"白天钻山山,黑夜钻庵庵。"交口乡胡家庙村92岁的胡凤义老人也这样说。日军并非为一座空城而来,他们要将山中的百姓全部赶回据点所在地。不回去,就屠杀。

流离奔波,一晃就冷起来。毕竟走得急,毕竟没做长远打算。何况,城关、阎寨、交口及中峪地区早设下日军据点,群众秋季就转移出来了,他们的身上,还是单薄的夹衣。

住下来才知，这一次并非如以往一样，仅仅是躲避几天扫荡的日子。

到了11月初，发现敌人不仅没有像之前"扫荡"时烧毁房屋，而是在据点内修筑工事，挖盖沟、修房子，大肆兴建碉堡、岗楼，又开始修二沁大道及临屯公路，甚至在城关修飞机场。人们慢慢意识到，果然鬼子不走了，家园被占了。

无衣替换，无家取暖。病痛随之而来，年老的，体衰的，孩童们，都抵抗不住这恶劣简陋的环境，一批批人倒下了。

陈赓曾在当时的日记中写道："抗疫无药——老百姓病太多。"

要看病，要吃饭。关键的是，要回家。

关键时刻，日军又制造起假象，他们从外县调来汉奸，在沁源县城及周边据点搭起"维持会"的架子，又命伪军进山，将"皇军仁慈"贴在百姓眼前，还温柔喊话，"皇军不伤害百姓，有家的快回！""皇军不能看着你们冻死在山沟里！"

一些未及逃出窑洞的妇女、老人与儿童被发现。却不曾想，"皇军"竟然俯下身子，亲手扶老人上马；"皇军"又伸出手，替妇女抱过孩子。"皇军们"温言软言：回家去！

回到被敌人占领的家园，"皇军"又将之前掠夺的衣物一一摆出来，请他们领回。"皇军"帮生病的百姓看病，还送来柴米油盐。重要的，是告诉百姓："回去后要假应八路军；如果被迫当了民兵，遇到皇军就将枪口朝天。"

"皇军"还故意不走进冒起炊烟的村庄。他们不断制造假象，让百姓以为，只要回家就没事。

"回去吧。"许多百姓这样说。

"先回去吧。"有干部这样建议。

这些说法与建议，都是建立在生活基础上的。

主张群众回城去的干部，提出来可以像别的地方一样，搞合法斗争，也就是给敌人成立维持会。

"这样的话，党组织，党员就都要回城作隐蔽斗争。"刘开基一锅烟一锅烟地抽着，思考着，始终不点这个头。他知道，这是个被动的、消极的路子，是个不是办法的办法，也是一条危险的路子。回去，就是向敌人妥协，态度上就输了。他更明白，能不能顶得住敌人，不仅关系着以山西为中心的敌后抗战能不能坚持，更关系着华北抗战能不能坚持，乃至直接牵动着全国抗战的命运。沁源的决策，至关重要。沁源一战，不仅仅是沁源人民保卫家园的战斗，更是一场保卫与巩固敌后抗日根据地的战斗。

然而，如果强迫群众留在山中，能保证一万多名群众活命吗？

关键时刻，太岳军区党委站出来了，于11月11日发出《关于反扫荡的决定》，提出在党委、军区与纵队的领导下，采取"围困战的战法，断其路、绝其粮，使其无法行动与生存，强迫敌人撤走的群众战争"。太岳军区同时向全区部队发出关于《围困腹地之敌，断绝其补给线》的命令；并将决死一纵队第38团从外线调回腹心地区，配合地方党委执行长期围困敌人的任务。中共太岳区党委也指示沁源县委："在党的一元化领导下，依靠广大群众，广泛展开群众性的游击战争，实行长期围困，战胜敌人。"

一颗定心丸，吃下去了。11月18日，上级决定，将长期反"扫荡"的方针改为长期围困敌人的方针，将沁源县反"扫荡"指挥部改为"沁源县对敌围困斗争总指挥部"，由38团团长蔡爱卿任总指挥，县委书记刘开基任政委，集党、政、军权于一体，实行一元化领导，成为战时最高权力机构和组织形式，隶属于太岳区党委、太岳军区和沁源县委领导。之后，又组建了城乌联合镇公所和城乌镇党总支。其他各主要隐蔽点也相应建立了党组织，全县4个反"扫荡"游击队，11个战区指挥部也很快建立。

就在这一天，进驻沁源的大部分日伪开始撤出，只留下第59师团大队长伊藤中佐，率一个大队日军与部分伪军留驻。这是花谷正的错误判断，他把百姓的转移看作是"慑于皇军军威"。他命令伊藤中佐，尽快将这里建成一个"模范区"。

寒风，呼呼地吹，吹冷人的身体，更吹冷人的心。

"决不维持！"这是当时县委制定的战略目标，目前的关键任务，是他们必须要给群众找一条活命的路子。

"相信党组织，依靠群众。"最终，刘开基决定把权力交给群众，他带着党员干部，深入到山沟里的群众当中，大规模展开"誓死不回城维持敌人，永远不当亡国奴"的民族气节教育，组织所有转移出来的群众进行大讨论：回不回去？如果不回去，怎样与敌人斗争到底？

"现在咱们面前有三条道儿，一是回城；二是逃走；三是斗争。"

这时候，主张回城的干部先说话了：敌人是主动的，我们是被动的。

刘开基答：敌人杀人放火是主动的，这样做却是被动的，是因为无能，最终赶走了群众。

"群众顶不住这种苦。"

"苦是真苦，可穷人啥苦没吃过？关键问题是，我们领导人要和自己怕苦的情绪做斗争，克服畏难悲观思想。"

"群众怕死。"

"谁不怕死?鬼子不怕死为什么出来戴钢盔,回去钻碉堡?问题是谁能杀死谁。"

"敌人可怕。"

"日本强盗怎么不可怕?可山是我们的山,路是我们的路,群众是我们的群众,为什么会没办法?"

"鬼子赖下不走了,怎么办?"

"敌人厉害,顶多是块石头,没有根,不能生长。我们弱,是草,可有根,能生长。"

"拿命去碰敌人太危险。"

"不危险就不叫斗争,不危险就不叫尖端,不危险就不叫技术。千钧一发,我们就要叫这'千钧一发'变成通向对敌斗争胜利的现实。"

"敌人扎下那么多据点,你怎个打呀?"

"挤!一点一点挤,一个一个挤,把这里的敌人挤走了,那里的敌人就动摇了。再一挤,他就逃跑了。"

"人只有一条命,谁不怕死?"

"打仗就是去送死吗?不是,只有消灭了敌人,才能保住自己的命。"

……

一来一往,刘开基硬是以自己宏大的格局与出众的智慧说服了想回城的人。所有的群众也从这些对话中汲取了力量,有过动摇的人,也坚定了信念,那就是留下来,那就是斗争到底,那就是"宁可饿死在山里,也不回去搞维持"。

为进一步安抚人心,县围困指挥部又在西塔子沟设立了城乌镇镇公所，也就是城乌镇围困指挥部。

只是一个简陋的房子，却犹如定海神针一般扎在百姓身边，更扎进百姓心里。难民们从沟里各个方向出来，远远都要先朝这里望上一眼。

"镇圪塔"，这是百姓给的名字。一个土圪塔，镇了百姓的心。

党员干部们又出动了，深入一个一个山沟，推开一扇一扇大门，走进一户一户人家，对人数，年龄，男女，身体状况，粮食及衣物情况细细摸底。对于表现好的百姓，及时表扬；对遇到的困难，及时给予解决。饿了，就跟着百姓随便吃一口粗饭；晚了，便索性与百姓挤在一盘炕上睡去。

这是最危险的时候，敌人也在想方设法向老百姓招手。为稳定民心，民兵们又带了使命，与地主、富农生活在一起，给他们解决生活中遇到的困难，又随时进行思想教育，以防逃跑投敌。发现有跑到敌人据点的，立即展开教育劝回。对于不听劝阻的，坚持予以镇压。

太岳区党委根据多年来在沁源奠定的群众基础，也自信地得出"可以采取长期围困，逼走敌人的方针。"总之，就是要党员干部与群众同甘苦，齐心协力赶走敌人。

干部心里有百姓，要誓死捍卫家园，百姓何尝不懂干部的心。一次，一位曾在沁源城内卖油糕的乡亲，夜里跑回去拿东西时被敌人发现。抓到他时，只有一个要求，带他们到塔子沟。

自己的乡亲，自己的队伍，自己的干部，都在塔子沟。

"太君，我不识路呀！"

"啪！"一巴掌打在他脸上，红愣愣的手印让一张脸瞬间热辣辣的。他被逼着，爬山坡，转山沟，直走到一处断崖边。

"太君，我是真不识路呀！"

这一次，打他的变成枪托，重重的，狠狠的，他失去知觉。

再醒来，钻心疼。才发现，一条腿断了，鲜血已在风中凝固成冰。

受伤的，生病的，都需要医治。于是，各村的赤脚医生，也一一被召集起来，在难民集中的地方开办起简易诊所与药铺。大山深处，有了采药人。

男劳力集结了，他们利用山洞、石崖与山林，开始建造家。很多难民们在党员干部的协调带领下建起新村，自名"正气沟""坚定庄""顽强圪梁""伟大山头""抗战村"等，一个个坚定的名字，就是一颗颗坚定的心。女人与孩子们也隐入大山，把橡子、榛子、干马茹等野果野菜采集回来储存，准备过冬。

为了保障百姓的正常生活，县围困指挥部想法在沁县、平遥、洪洞、霍县，以及河北邢台、邯郸等敌占区开辟了地下贸易客栈；在根据地内的王勇、柏木、好村、李城、支角、韩洪、崔庄等离敌据点较远的地方开辟了新的集市。还特别发放了商业贷款，鼓励和组织小商小贩外出贩运物资，按照"用我所余，换我所需"的原则，让百姓按需自由交易。

各个山凹之间，物品慢慢流动起来，人们用各自的货物自由交换，"山头市场"悄悄繁荣着。

尽管如此，吃饭依然是难民们面临的首要问题。出来时随身背的米面，早已吃完。

很多人，支撑不下去了。消息一出，全县响应，东家一石，西家一斗筹了起来。后乌木一个庄，就借出五十石；前乌木麻卜沟的岳全柏老汉，拿出开荒积攒的全部二十石；太岳区全体干部党员，

军民在深山开荒

每人每天主动节约一两；岳北各县，掀起"节约一把米"行动；邻居安泽县，一下调过来四百七十多石……

　　苦难而寒冷的山中，不再惶恐，不再迷茫，不再无措。一村传一村，一沟传一沟，锅灶，很快冒出热气。

　　简陋而清贫的山中，有了笑声。大家暗暗抱定一个信念：为了进攻的退让。

　　轻松的时候，男人们处在高高的山头晒太阳，放风；女人们扎堆在树下，凹里，给孩子喂奶，缝衣，拉家常。也有哪一个，穿出一件好看的花衣；哪一家的女儿，让妈妈编出两条好看的辫子。

　　若能如此安定下去，也是好事。然而同样无粮无衣困在城里的日军不情愿，他们以为，百姓带走足够多的粮食，拿走足够多的财物,而这些,本该是他们的。

隔三岔五出城搜山,不停止。他们出城的距离越来越远,逼近的脚步越来越响。

愤怒的火苗,燃向山里。有人亲眼看到,西塔子沟一位大娘,在晾晒被子时被一枪打死。

鲜血,一股一股,然而被带回村的百姓,还是要瞅准机会悄悄逃回山里。

为了活命,人们每天鸡叫三遍便起床,饭毕马上收起锅碗、藏起米面,背着干粮炒面向密林深处或山崖间分散躲藏。

牲口不能丢,不能带,只能捆住嘴巴戴上笼头藏起来,有时为了保险不出声,还不得不把纽扣填进耳朵里,鸡尿抹到嘴巴上,石头吊在尾巴上。

从山中,再奔向更深的山中,成了每天的必修课。将老人、病人、孩子、女人优先安顿在最安全的地方,再一一告知会面的时间与地点。

于是每近黄昏,山中便开始放牲口,寻亲人。

夜里盼来钻进"庵庵"的歇息,是为了来日有体力再往深山去。

日复一日。

为了诱使百姓,"皇军"可谓办法用尽。他们乔装成谁的家人,"姨姨——姑姑——出来吧,敌人走啦!"抑或,又像是邻村路经的百姓,说说笑笑行走在死寂的山中制造着轻松的气氛。

不出声,不轻信。诱饵无用,招数失灵,敌人越来越恼羞成怒,采用了更加疯狂的报复。

"猪,是什么样子?"

1944年，听到有人说起猪时，沁源山中一个六七岁的女孩好奇地问。

当时不仅人口下降，牛驴骡马成为稀有，猪羊鸡鸭几近绝迹。生活必需品，更是见不到踪迹。转移在深山里的百姓，大多是"全家合用一只碗，几家伙用一口锅，春夏秋冬不换季，白天黑夜不脱衣，十天半月不见盐，一日三餐野菜充饥。"

没有碗，没有锅，没有布，没有粮，没有盐，也没有火。

翻山越岭除了奔跑逃命，除了找粮找菜，还去找火。有火的人家，有火的村庄，叫人羡慕。然而路远，一点火焰也来之不易。一个夏秋之季，住在圪桃庄三户老弱病人因连续几天降雨无法出村引火，只能日日冷水拌炒面充饥。

于是像发明地雷等武器一样，有人把橡子树烧成木炭点燃，再用厚厚的青草包裹，可保持较长时间蓄火。

偶有冒险带咸盐的卖主进来，但一斤要一斗玉米换。就连一斗糠，也要卖到30元。锅里最多最好的，就是不像样的野菜。

山中一片一片的野菜，日渐稀少。未等长成，便被一只只手连根拔起。甚至树叶，甚至树皮，都成了碗中美味。为了生存，人们也是绞尽脑汁。槐花，橡子，野菜，树叶，经沤制、水泡、沉淀、发酵后充饥。而驻守的部队为了百姓能多吃一些野菜，每次出发时都要专门备一个布袋，以便路上能挖一些回来。

开荒吧！

战士、民兵放哨，军民开荒。

火热的劳动竞赛，拉开帷幕。各村、各区争先恐后，一片片荒坡被一镢镢垦了出来，有的人甚至发烧，患疟疾，都不肯轻易休息。

城关的胡长有,一个人一年就开出17亩。侯神岭一带,全城关难民就开出2300多亩,秋后每人平均可增收一石二斗粮食。而中峪乡蔚村,由于村长带头,再加上一亩地奖励二升小米,将原计划600亩开荒计划一下拓展到2000亩,比全村原有耕地面积足足增加了2/3。

暗暗的号子声,响彻在心里,回荡在山里。

为了自救,一片片树林消失了。"1944年开荒,只沁源灵空山即砍伐树木20万株以上,开荒面积1200余亩,烧树木25000余株。"

树木以自己的牺牲,换得人类生存。

妇女们,开始设法养猪,养鸡,繁殖牛羊。中峪乡蔚村所在的三区,每户养五只鸡,每三户养一头猪,每五户养一头牛。一区南石村骡子岭山庄青年妇女胡让牛,在男人参军不在的情况下,不仅照顾着公公婆婆和一个家,还独自开出70多亩荒地,养了4头大牲口、20多只鸡,秋收杂粮130多石。

闲了一段时间的纺车,也搬出来了。数量不够,便两人一组。只乌木沟与永宁沟的山中,便迅速活跃起12个纺车小组。

一根根白白的棉线,从古老的纺车中吱吱呀呀延伸出来,延伸为布,延伸为被褥,延伸为战士身上的衣,脚上的鞋子。

贫瘠的大山中,胡长有,胡让牛,白玉兰,王三管,用自己勤劳的双手,换回一朵一朵名为模范的花儿。

花儿映红他们的脸。

他们的笑脸,映红沁源的土地。

沁源民间有一句谚语:"能大能小是条龙,不能大不能小是只萤火虫。"当初的大山里,一个个避难于此的沁源人,像极了一只只小小的萤火虫,他们各自闪耀着光芒,将苦难偏僻的太岳山照亮。

暗夜逆行人

一次次逆行,就是一次次扬起!

暗夜逆行人

> 山里，活了；光亮，有了。然而是微弱的，人们的肚皮是瘪的。看，有人出动了，一群人跟上了。暗夜的山里，逆行者在奔跑，拉开粮食争抢战的帷幕。

1943年春节过后，一场大雪铺向沁源。这是带着使命而来的一场雪，要刻意遮一遮这片大地入秋以来的斑斑血迹。

之前驻守沁源的伊藤大队，没有建立起"维持会"，让"皇军颜面尽失"，花谷正于1943年1月中旬命令之前撤走的第36师团222联队斋藤大队和鹿野大队接替伊藤大队防务。斋藤与鹿野踌躇满志，向花谷正保证一个月内建立起"维持会"，为此下令各据点守军不必检查"良民证",只要中国民众看上去"不具威胁性",就欢迎回城。

彼此,天更寒,蛰伏在大山深处的人们又面临断粮的困境!

深夜,一个破旧的算盘在县围困指挥部桌上啪啪响起:每人每天喝二两小米汤,一天需三千多斤,坚持到麦收,需二千多石,折合四十多万斤;若每人每天半斤小米,需五千多石!

家丢了,地丢了,莫非抢去?

"真抢回来了!"这边念头还飘在空中,那边倒真传来一个消息,"郭老汉!"

城关的郭季方老汉,因转移时走得急,连刚刚淘洗好的三斗麦子,都未来得及带出,匆忙中藏在磨盘底座下。

磨盘底下的三斗小麦,成了郭老汉的日夜牵挂。一边是亲人饿着肚子,一边是麦子可能被鬼子发现吃掉。

顾不上后果,他在一个夜里,别一把菜刀在身,独自出了门。

月黑风高,寒风凛冽。大山沉睡了,密林沉睡了,动物沉睡了。陪伴他的,只有寒,只有风。白日的凶险尘埃落定,明日的阴谋正在酝酿中。静寂的美好,就在这短暂的夜里。

短暂的一个平安夜,他却要冒险行使一个大行动。小小三斗小麦,他却要用性命去夺取。一路上,心情或许因紧张而越发寒冷;也或许,他时而有战士般的激动,时而又回归小百姓的胆战。

越过沟沟岭岭,小心回到久违的村庄。看看,听听,一切都在沉睡中。继续小心摸进久违的院落。那门,那窗,一切还是老样子,主人却成了贼。他的心越发狂跳得厉害。此刻,那霸占了自己家园的人,就酣睡在他的炕上。普通的郭老汉,没有力量将侵略者赶下他的炕,赶出他的门,他只能发挥最大的机智,凭借熟悉的角角落落,移动到那个久违的磨盘下。

眼眶有些湿润,三斗麦子还原封不动,一如他当初离开前安顿好的模样。

院子里,依旧是静悄悄的。敌人不会想到,没有一刀一枪的老百姓,敢孤身推开这院门。

拖出小麦,移回磨盘。一切,都在悄无声息间完成。

英雄郭老汉,回程的山路上热血沸腾。他用非凡的胆量,为百姓闯出一条英雄路。

一村传一村,一岭传一岭。山中饥饿的人们瞬间振奋起来,县围困指挥部也激动起来,城关与二沁大道沿线村庄,至少有一万石粮食封存着,如果能成功抢出来,何愁渡不过几个月难关?

郭老汉,仔仔细细给指挥部讲述了途中及村中情形。

危险之地,往往最安全。何况,不抢粮,就要饿死人。

事不宜迟,立即行动,策划,组织,部署。城乌镇党总支更是明确提出"军事化、战斗化"的抢粮策略,派出胡元锁、崔正恒、郭启仁等三名党员在内的五位民兵掩护群众。队伍选好了,路线选好了,时间选好了。这一次的行动,比郭老汉更加缜密,更加科学。人们的心里,也更加有底。

入夜,四五百人分别从各个山间、林中、崖下出发了,蜿蜿蜒蜒,曲曲折折。这样的身影,让许多人想起秋日的那次转移。同样曲折的山路,同样来自不同村庄的人群。只是彼时,人们的内心是慌乱的,是迷茫的,是不安的。这个夜,这样的逆势而行,竟然是向着家园。

有人，突然就悲凉起来，向着家，却是贼一样的心情。这心情瞬息而过，很快就变成斗志，他们浑身充满了力量，那于艰难中耕种的粮食，凭什么不能自己享用？

像战士一样，他们集结在各个据点周围。一分，一秒，时间停顿在晚十点整。

指令发出，行动！

鞋子脱下，揣在腰间。战士与民兵在前带路，村民有序跟进。无须说一句话，按之前各小组的分工，向各自埋藏粮食的方向摸近。毕竟是熟悉的村，毕竟是熟悉的家门，哪一处房屋后面有块石头，哪一家院门外有棵小树，都在他们心中。因此，一切都顺利推进。一到目的地，你挖地坑，我开窑洞；你撑口袋，我装米面……村庄睁着眼睛，却以沉睡的姿态保护着各自的主人。移动，归位，争分夺秒，一切都在无声中进行。

一袋袋小麦、玉米、小米，从夜色里启航，向山里挺进。

谁的脚被石子划破了，谁的鞋子在跑动中丢了一只，谁的腰过坎时不小心扭了。越过危险区，人们才松开始终提着的一口气，才觉出疼，觉出痛。

然而这个夜，大大激发了百姓们的斗志。这自家的粮食，倒像上天赐予他们的礼物。山里的冬天，因一夜之间升起炊烟而温暖起来。

日子，在炊烟中燃出希望。

抢粮行动，从此开启。有时是统一组织，大多是独自行动。跌跌撞撞，百姓们此起彼伏，奔波在冬日的山间。

说抢粮,实在难,
提心吊胆路又远。
像俺住在安泽边,
抢一次爬了三架山,
下坡曲着腿,
上坡呼呼喘,
肚饥口里干,
头晕眼黑腿又软。
扁担软些还好担,
扁担硬了直砍肩,
路不好走布袋烂,
撒得左一摊来右一摊,
丢了可惜不敢拣,
时刻怕那敌人撵;
要想缝来没针线,
捏住破口把圪瘩挽……

很多的人,常常背着粮食累倒在归程的山里。甚至有的人,醒来才发现已经下过一场雨。漆黑的夜里,这样紧张刺激的行动不亚于一场战争。然而加入的人员越来越多,如同那八路军的队伍,越来越壮大,越来越规范有序。

集结,集结;抢夺,抢夺。山中的百姓,燃起战士般的激情。有了粮,吃饱肚子,他们豪情万丈,他们摩拳擦掌。一度心灰意冷的人们,一度觉得自身无用的人们,突然发现并非每个人都是待宰的羔羊。群众,也有智慧,也有力量。

曾经沉寂的大山里,在那个冬天沸腾起来。

饥饿逼近下,成功尝试下,他们一次又一次,向粮食发起冲锋。城北青年妇女郭效兰,独身一人几次进城,先后抢出八石多粮食;19岁的妹妹以姐姐为榜样,一个夜间往返三回,用少女稚嫩的肩膀每次都要背出五斗粮;崔家媳妇,更是悄悄摸进真武楼,将敌人装好的五斗小米神不知鬼不觉偷回自家粮仓。城北的范三儿,没有扁担,就把胳膊粗的椽子折断用;城东的胡恒锁和李天喜,不仅抢出数十石粮食,还把土豆、白菜、胡萝卜顺便抢出来。

抢粮队伍,由最初的四五百人迅速发展到五千多人,在20多天时间抢出7400余石粮食。

越战越勇,越战越有信心。沁源的百姓意识到,他们不是在抢粮,每个人都在亲身参与一场伟大的战争。谁说,战争需要刀,需要枪?赤手空拳,也能赢。于是除了粮食,他们还抢被子,抢皮带,抢水桶,抢敌人的物资,抢牛羊,抢子弹。

一个夏日的夜里,城关民兵与八路军洪赵支队部分战士共同完成了瓦解敌伪任务后,突然发现城西寨坡底下几个院子里圈着一千多只羊。为了护卫这些羊,敌人用铁丝网死死罩着。寨坡顶对面,就是日军炮楼,底下又是特务队驻守的窑洞。一千多只羊,几乎处在敌伪的火力网封锁线内。

大家不甘心,商量对策。当战斗英雄、洪赵支队二连长吴芝光向民兵胡元锁、史载辕、宋宝元摸清敌人的守备与地形交通后,决定派出三组战士抢回这些羊。第一组用手榴弹卡住敌人通向羊圈的路;第二组封锁特务队出路;第三组用机枪在北城门上向西接应掩护。

抗战时期武委会、农救会、妇救会、青救会旧址

铁丝网,很快被摸到跟前的民兵撬开了。然而羊却不懂人的语言,执着在这圈中固守着属于它们的夜,死死贴在一起并不往门外走。这时,放过羊的民兵张锁城灵机一动,就近找来一些柳条叶,在上面撒了尿,之后在羊群中找到那只又高又大的头羊。这只羊一闻到带咸味的柳条叶,便愉快地边吃边跟出来。其他羊,便一批一批争先恐后跟出来。

一千只羊像一支部队,沙沙沙的声音回荡在漆黑的夜里。民兵们快速赶着羊群从寨坡底冲出北门,顺着官渠离开。当他们快到北元村时,才听到敌人在身后又打照明弹,又打机关枪,乱作一团。

而在山交村,另一群六十多只的羊群也被迫离开主人被关。然而一个夜里,突然闯入两位从醋柳沟来的老乡,他俩合伙,将一名看羊群的敌人按倒在地,土块填进嘴里,再用乱石打死,之后将羊们领出来。后来才知道，起因是其中一位老乡被鬼子拉走一头牛，心不甘而生出的一场报复性偷窃。

你抢进去，我偷出来。一场一场较量，在游戏模式中展开。

中峪村武委会主任崔秉亮，在一个夜里溜进郭家大院。屋里亮着灯，桌上摆满酒肉、香烟及花生，于是边吃边揣，全部带出来。之后一次，他竟然从敌人眼皮下背出80多斤电线。

人人成了战士，人人也成了侦察兵。每次回城，除了带出物资，还带出城中敌人活动的信息。有些民兵，还能顺手取走一个两个鬼子的性命。

暗夜里，山路上，移动着一大批逆风行驶的身影。狗叫了，他们打狗；敌人防范了，他们破解。兵来将挡，水来土掩。城里城外，你来我往，轰轰烈烈的斗争，活跃了一个冬。

春天，因此而来得格外激情。布谷鸟儿，如期叫了。

城里的粮，抢完了。没有粮供他们过下一个冬。

4.2万亩良田，在敌人据点内。

不能白白荒着！此时，太岳区党委"劳武结合，游击生产"的大胆决定犹如兴奋剂，注入百姓的心。抢粮，已经开拓了他们的智慧，何不回去抢种？

说干就干。像组织抢粮一样，依旧是军事化行动。按居住区域，分出大队、中队、小队、分队。按土地性质，分出玉米、小麦、谷子、高粱。

时间，5月1日；期限，20天。

1943年的五一节，真是一个优美的劳动节。沁源的大山里，无声的集结号嘹亮地吹响。骡马牛，犁铧，耙耧，百姓们犹如指挥着千军万马，向敌人的据点进发。

注定，又是一场男女老少全民参与的大战斗。浩浩荡荡的队伍，从各个山头出发，有条不紊，按照约定的时间进入约定的地点。侦察过后，命令下达。民兵放哨，战士守护，男人耕种，女人烧火，孩童送饭；村指挥部，武委会，农救会，妇救会，青救会各行其责，劳动的劳动，记工分的记工分。过程中，根据工具、劳力不均问题，各队又产生了"变工队""合耕队"。有的大队还实行了"各尽所能，各收所种"。形式多样，分工明确，忙而不乱。百姓们从来不知道，种地可以如此激情，还可以火花迸发。

城关附近的办法是军民组织起两个抢耕大队，武委会委员和农会干部分任大队长，下面是小组长和指导员。耕地在晚上。由民兵在一个山头与一个山头间连环联络放哨，部队的战士占据山头监视敌人。与老百姓间，约定了退却号音，抢耕队不必因偶有枪声传出而慌乱退却。

因为土地无法全部抢种，岳北专署还同时协调周边各县，希望能给安置在附近的沁源"难民"让一些土地。号令一出，安泽、屯留、沁县、绵上齐响应，一万多亩地很快给了沁源"难民"。

有月的春夜，春风拂面。野花已悄悄绽放，芳香也幽幽散发。

春意盎然的夜里，没人知道这片大地上正在进行一场没有枪声的战斗。点种，摇耧，溜籽……预计要荒掉的4万亩土地，约定的二十多天时间，转移在大山深处的1.6万名"难民"，愣是抢种出3万余亩，平均每人种下二亩。

当然，抢种并非一帆风顺。郭道镇西阳城村的郭维政回忆，有一天人们正在偷着下种，天快黑时，日军突然进村扫荡，把没来得及逃跑的张雪孩（女）、刘猴女（女）、李海成、李月楼、郭华、郭拴劳、李柱则、高吉福、李怀秋抓到召则垴。之后，张雪孩、高吉福被抓到秦家庄活活烧死，其他人都砍死在召则垴。

老百姓，累倒了，也饿倒了。《陈赓日记》1943年6月1日记，"战士吃不饱，粮食尽沙子。沁源群众饥荒成为普遍。城关一家，丈夫吊死，女人归见，将小孩弄死后又自杀。中峪店有一人自杀，剩下妻儿无法活。在住过敌人的地方更甚，难民群起请愿。救济春荒成为目前严重问题。老百姓成天吃糠，拉不出屎，疾病饥饿交相攻击。"

惊心动魄，危机重重，夏来了。

二沁大道，沁河两岸，仿佛一夜之间，生长出绿油油的青苗。日军惊了，日军呆了：只见禾苗土中长，不见农人去耕种！

很快，到了风吹麦浪时。

伟大而紧张的夏收时节来了。老百姓，从饥饿中爬起来了，日军也一样，出来抢麦子。八路军武工队和民兵为了保卫麦收，发明了"青蛙战术"。他们从河中捉来数不清的青蛙，将辣椒面、胡椒面、芥末面塞入青蛙嘴里，在夜里放在日军据点所在地的壕沟内。青蛙嘴里又呛又辣，整夜鸣叫。日军无法安睡，白天便极其疲惫，无法外出抢粮。

一个晚上，沁源据点附近就组织了七千老百姓参加抢麦。月光之下，七千把镰刀透出幽幽的光，嚓嚓嚓劈波斩浪。

第二天的日头，如期照下来，头一天还广阔无垠的金黄麦穗，却在一夜之间消失了。

"麦子搬到山沟里去了，农妇和民兵都唱起歌来了。老百姓有吃有穿,敌人一举一动都困难,于是,在1943年过旧历年时,敌人不得不走了。"这是作家周立波写下的。

  一晃,就是秋风起:
  太岳山上起秋风呀,
  满坡的谷子黄圪橙橙,
  风吹莜麦呀水圪涌涌,
  齐腰深的荞麦白圪生生
  ……

抢粮、抢种的成功,不仅让斋藤与鹿野的算盘落空,反而更激发了沁源人民的信心与斗志,围困战有了大转折。从此,沁源人民激情高涨,由被动转为主动,固守深山,集结智慧与力量,向敌人展开一次又一次的进攻。

深夜,吊桥下的『黑山羊』

沁源城里,有数不清的『黑山羊』,在守卫着家园。

深夜,吊桥下的"黑山羊"

> 看啊!又一个夜来了,一只"黑山羊"来了,一座碉堡旁,惊心动魄的戏,上演了。

由于军民侵扰严重,城关的日军把自己"裹"起来了,"裹"在高高的碉堡里。

碉堡是用来战斗的,示威的,没想到不断受到威胁,受到挑战。不得已,挖出一道深深的战壕,隔断进入的路。

可是,还要斗争,还要抓人,还要找粮,还梦想彻底侵占这片土地。又于是,架起一座长长的伸缩吊桥。

沁源 1942

沁源老县城

这是一座罪恶的桥,每每出动,都带血而归。

这也是一座软弱的桥,钢筋铁骨中透出畏惧。

全民反击,日军提心吊胆,把城关的护卫工作寄希望于吊桥。每天太阳刚刚落山,便迫不及待收起,之后严密警戒。次日天大亮起,确认无事,才缓缓架起出行的路。

放下的桥,便爆发出积聚了一晚上的仇恨,喷发出吃人的火焰。

这碉堡,这桥,成为沁源人的眼中钉、肉中刺。它高高矗立在这片干净的土地上,吞噬着沁源人的生命,污浊着沁源的空气。

炸掉吊桥,打击碉堡!县抗日游击大队副大队长朱秀芝早已将此事放在心上。他的想法,得到民兵们认可。于是一个夜里,他派出一位身手利索的民兵,在游击队员和其他民兵的掩护下,带着地雷向吊桥靠近。沉寂的夜里,只有一个力量在行动。他毅然决然,满怀成功的喜悦向前。

那个身影,离碉堡越来越近。

成功在即,无比欣喜。然而谁都不知道,他的气味传递到一群有特殊嗅觉的动物鼻子里,很快,暗夜里这个移动的影子被发现,一阵激烈的狂叫声随之此起彼伏响起。寂静的夜里,这叫声惊天动地,惊醒了哨位上正打盹的日军,惊醒了碉堡中熟睡的日军。

是的,报信的是日军喂养的一群狗。

一排排机枪随即架起来,强烈的光柱射出来,子弹密集地扫下来。

孤身的黑影,被包围。

远处掩护的人们尽管激烈做了还击,但望远镜里那个小小的,激情挪动的身影,却永远静止在吊桥下面。

是的,他们没有想到狗,他们忽略了狗。

一天,朱秀芝走进轮战队,希望从这里得到计策。人们七嘴八舌,还是没有绝对有把握的办法。沉默良久后,平素一贯少言的史载辕站出来:"给我三天时间,保证完成任务。"

史载辕、宋宝元、胡元锁,是日伪军极其惧怕的三位城关民兵,"抓住三个元(辕),金票赏三千"。史载辕之前多次与其他民兵一起,在澡堂,在哨所,在山间,消灭了一个又一个鬼子。他不多言语,脑子灵活,行动敏捷,说出的话便更让人信服。

朱秀芝信任史载辕,却不相信狗,于是当即许下承诺,"如果

51

完成任务，我用浮山烟和好饭慰劳你"！

史载辕却说不要烟不要饭，只要二斤玉茭面！

做啥？

蒸窝窝。

干啥？

"喂狗！"说给朱秀芝时，他的眼里闪出一丝兴奋，一丝得意，还有一丝狡诈。

啊！朱秀芝一拍脑袋，之前怎么就没想到对付鬼子要先对付狗呢？

喊过警卫员："通知炊事员，蒸二斤玉茭面窝窝！"

不到饭时，灶间却热气腾腾。扑鼻而来的玉米面香，却只能让大家咽口水。尽管黄灿灿的窝窝喂了狗有诸多不舍，但只要想到吊桥轰然断裂，便兴奋到无法控制。

二斤玉茭面，蒸出十一个窝窝，装入布袋，交给史载辕。

约定各自到岗时间：晚上十二点。

入夜，始终不踏实的朱秀芝又带着干粮去见史载辕。进屋之后，却发现史载辕手持一根细麻绳，在一张黑羊皮上穿来穿去，那形状一时又看不出像什么。看到朱秀芝的疑惑，史载辕将差不多成形的羊皮往身上一裹，又往地上一爬，站起来一笑："玉茭面窝窝与黑羊皮，就是炸吊桥的两大法宝。"

哈哈哈！朱秀芝霎时明白过来，大赞史载辕点子高妙。

说定休息的几个小时，没人能睡得着，大家都兴奋得激流涌动，一个一个吊桥倒塌的画面，在各自的脑中愉快成形。

约定的时间很快到了，游击队与民兵早已急不可待，趁着夜色迅速就位。

夜，心事重重；碉堡，死一般寂静。站岗的鬼子睡意正浓。他们不知道，在不觉间已被悄然包围。然而，尽管准备精心，史载辕和朱秀芝们还是捏着一把汗，生怕哪里出现一点闪失。

最恐怖的，是出现狗叫。

一只"黑山羊"，以自己的节奏向吊桥旁缓缓移动。慢不得，急不得。"山羊"抱着地雷，身上散发出玉米面香。狗鼻子敏感，陌生人味，玉米面香味在这个暗夜交替袭来。于它们而言，胃的欲望盖过警戒的职责。惊喜盖过警觉。它们忘记了吠叫，迫不及待要接近那久违的玉米面香，它们发现了这只怪模样的"黑山羊"。

黑山羊自然懂得狗们的心思，抛两个窝窝出来。

恩人呐！早已不知粮食为何味的四只黑狗欣喜若狂，狗的面目袒露无疑，尾巴摇出呼呼风声，小心翼翼，亦步亦趋跟在"黑山羊"身后。四条狗，谁都想表现得更好一点，多品一口窝窝香。

史载辕适时地，公平地抛出四个。四条狗不争不抢，慢慢地，安静地在身边咀嚼，他加紧往战壕边爬。

或许是狗们太过兴奋，或许是哪条先吃完要抢别的，总之突然发出异样的响动，彼时史载辕刚刚爬到战壕边。上面哨所的鬼子紧张地喊出声，同时刺目的手电光射下来。

"黑山羊"静静伏在地上，悄悄抛出一个窝窝。光照之处，只见四只黑狗你争我抢。

狗东西！原来是虚惊一场。电光收了，上面没了动静。"黑山羊"从容找准目标位置，神不知鬼不觉埋下地雷。

转身，抛出剩余的窝窝，一只狗一只，不争不抢。史载辕，在狗们安静的享用中从容撤离。

那一刻，是凌晨两点。史载辕返回，朱秀芝才发现身上早已是大汗淋漓。

黎明即将到来。一场戏剧性的爆炸场面，即将精彩上演。

他们，是唯一知情的观众。这漆黑的山间，谁都不舍得离开，耐心等待太阳升起。

从未如此漫长地等待一个黎明到来。当那一丝红晕从天边出现，游击队员和民兵如见到久违的亲人般惊喜。那一刻他们才知，初升的太阳原来是这样美丽的容颜。

光芒万丈。

碉堡里的人也伸着懒腰从梦中醒来。这一夜，他们的脑中一定又酝酿出毒辣的计划；这一天，他们希冀着又一次通过吊桥，从罪恶中收获属于他们的喜悦。

四名日兵走出来，走向休整了一夜的吊桥。

他们架起吊桥，朝战壕边搭过来。

远处，朱秀芝与众人几乎不敢呼吸，死死盯过去。

简单的程序，轻车熟路。吊桥像往日任何一天一样，稳稳落地。一切毫无征兆。

但紧随而来的，却是一声轰隆隆的巨响。瞬间，火光冲天，烟雾弥漫，四名日兵随着吊桥，灰飞烟灭。

这边的人欢呼起来。他们趁热打铁，多个阵地火力齐发，将碉堡外本就乱作一团的鬼子打得死伤遍地。

朱秀芝看看表，是早晨七点半。

史载辕独身炸吊桥，迅速传遍沁源。有民间艺人很快编了顺口溜：

  沁源军民尽好汉，冒尖英雄史载辕；
  黑羊皮加窝窝蛋，一群野狗围着转；
  鬼子有眼看不见，地雷埋在战壕边；
  轰隆一声吊桥断，一群鬼子上西天；
  人人都学史载辕，定叫日军全完蛋。

后花园的火

火，烧去所有叶子，而叶子会重新生长，

因为它的根，扎在沁源的土壤。

后花园的火

> 桥断了,后花园却起火了。火光冲天啊!那沟中,曾经的院中,一百多百姓,挣扎在火海中。

沁源中峪乡人骄傲地说,两年半围困期间,乌木村就是沁源的后花园。

其实今天走进,它依然是一座花园,天然的、无遮无挡的大花园,敞开在乌木沟中。

乌木村,距离沁源县城不足 30 公里,是一条有着五万亩林子的深沟,大沟。

沁源 1942

乌木沟中有林有水更有肥沃的土壤，是百姓的生存之本，更是百姓的保护伞。早年，有百姓陆续从山东、河北等地避难过来，乌木沟以博大的胸怀接纳了他们，又以肥沃的土壤滋养了他们。

1942年秋后，沁源本土人拖家带口来到乌木沟。曾经的轮战队员刘增胜老人说，日军进驻县城后，百姓最初的躲藏都很幼稚。因为隐藏不到位，死伤很多，有的全家被杀绝。多次教训告诉人们，不往深山里躲不行，不舍得放弃家园更不行。

于是，集体大转移开始后，城乌镇公所干部们亲自带领当地540户共两千多人，一路出发进入乌木沟。冷清的一条沟里，忽然乌泱泱来了大队人。或借住，或掏个简易的窑洞，他们把动荡中一颗不安的心，交付于这美好而安宁的后花园中。

天寒地冻的三九寒天来了，食物吃光了，家还是被敌人占领着。

村长任保拴站出来了，他动员村民发扬乌木沟精神，借粮，借房给无家可归的百姓，坚决不能在沟内冻死饿死一个难民。

本就受过颠沛流离苦的乌木沟村民深明大义，深知难民艰辛。9个自然村五十多个小庄二百多户人家，家家伸出援手，很快筹出一百多石粮食给难民。天气寒冷，村民又想方设法把房子腾出来，不够住就直接拉上炕，认识的不认识的挤住在一起。有的人家，连牛羊圈等都腾出来。那年冬天最冷的两个月，城关难民就在乌木沟的温暖中度过。

如果一直这样温暖下去，哪怕拥挤，哪怕偶遇冷风，都是多年以后最抹不掉的温情。可是，温暖着，温暖着，火就来了。

本该热烈温暖的火啊，却寒光闪闪，来势汹汹。

静立在当年杀人遗址的一棵古槐

2019年夏末,中峪乡护林员张江开着护林用的皮卡,带我们穿过长长的乌木村,向曹家沟迈进。

从乡政府到曹家沟,大概七八公里,然而走得无比艰辛。

已经没了路,已经不是路。

是林。一路上,树木葱郁,鸟儿声声,天然的氧吧,处处散发着花园的风情。

一棵老槐树出现在眼前。带路的乡人说,槐树有700年历史了。这是一棵奇特的树,根部竟然横生出一根与主干几乎同粗的枝干。一竖一横,以90度直角的形状,向着各自的方向延伸。

这便是曹家沟。古槐,一定是最初来此安居的人植下的。对于沟里的所有故事,它便是见证者。

从槐下望上去，一圈简陋的铁丝网围着一处残垣。乌木村负责人说，那就是当年惨案发生的地方，曾是一个四合院。

残垣就是几处坍塌的石墙，无一丝院的痕迹。与村庄所有坍塌的院落一样，只能靠想象还原曾经有过的生命痕迹。

可是，这个院子与普通院子不同，它吞噬过一百多条生命。

那一百多条生命里，包括它的主人。

熊熊火焰，毫无征兆升腾在脑海里。一张张扭曲的、痛苦的、无助的面孔，就在给过几代人温暖的房屋中耗尽最后一丝气力，变成灰烬。

我们到的这天是农历七月十五，当地百姓都到山里上坟。从烧死人的院子下来不远，转角处是一棵较为粗壮的榆树，也用围栏围起来，才知道下面埋葬着当年一百多名百姓的骨灰。

当地人将这里称为乱葬坟。

是的，没有任何仪式，没有亲人送行，只是匆匆地、草草地，将一堆呻吟的骨灰埋进黄土中。

一截榆树枝条插入，陪他们长眠。一截枝条，不辱使命，在烽火中呼吸，努力吸取养分，倔强地生根、发芽，再次成长为一棵真正的榆树。77年岁月中，它不离不弃，在疼痛中坚守初心，一天天守护着这些委屈而去的生命。

于这一百多条生命而言，它是唯一的亲人。

乱葬坟的旁边，有几处新坟，新的旧的墓碑上，都是胡姓。村支书说是一家姓胡的几辈人，与乱葬坟内的死者无关。墓碑前，水果点心都还新鲜。突然，村支书高兴起来："走，我们去找一个人。"

果然,1944年出生的胡孝亲正准备离开村里。这天,他专程从县城回来上坟,是胡姓墓碑前那些水果点心的主人。

今天,胡孝亲成为当年这起事件少有的了解人。因为,烧死人的四合院正是他的姥姥家,小时候,他还在这里住过十几年。那时候,墙壁上还隐约留有人的印痕。他想想说,那都是一个个肉身被燃烧后渗出的油印。大人这么告诉时,他一度很恐惧,不知道活活的人被烧死是什么滋味。他那代人有了记忆后尽管国家已经安定,可大人们的话题里依然离不开战争。何况,几乎所有的家庭,都有伤痕累累的记忆。

抹不去。内心常常恐惧。

当年,林大沟深的曹家沟躲藏了数不清的百姓,敌人几次扫荡,都没有造成大伤亡。然而1942年2月8日(农历腊月廿七),沟里有百姓的消息又被人告密。敌人再次出动,沿沟地毯式搜寻,将没有跑脱的120多名大多为妇儿老弱的百姓从沟里各个缝隙抓出来,赶到这个四合院。胡孝亲说房子是土木结构,一间大概十几平方米。

一群人被逼进正房。

乌木村人翟秀娥记得,当时日军一个班十几个人,将人抓到这里后,先在门口烧火做饭。

彼时,被抓的百姓还没有意识到自身的危险到底有多大。或者,会像往常一样盘问他们些什么,也或许会念及他们是普通妇孺而放过他们。

日本人喂饱肚子,开始盘问。他们想知道的信息,百姓有些知道,有些不知道,但什么也没有说。百姓的沉默与倔强点燃了鬼子的怒火,他们将院中的玉米秆搬过来堵在门口,要释放真正的火。

一看要点火，胡孝亲的姥姥急了，一来舍不得房子，二来被抓来的有很多小脚女人和孩子，觉得都是些无辜的人，不如放他们一码。

老人家一定以为，这是自家的地盘，说几句话，总该有些分量吧？

敌人或许也给过她面子，几次把她推开。她不死心，继续。终于，敌人抽刀将她捅死。

她未合眼，火焰即已燃起。

庇护了无数沁源百姓的曹家沟，那一天火光冲天。一声声惨烈的喊叫，回荡在大山里。

那一刻，老槐树是惊得阴风阵阵，还是沉默不语？

曹家，可是当年进驻沟内的第一户人家？这天开始，被一场罪恶的大火烧灭。

曹家沟，从此成为烧人沟。

具体烧死多少人，哪些人，没有详细记录。然而总有一些名字，留在人们心里。

沁河镇城北村胡乃斌曾回忆，烧死的有同村张如才一家三四口，徐劳头一家两口，阴水成一家三四口，胡庙章及11岁的孙子；同村阴慎如补充，还有马成花、阴长锁及5岁女儿阴三女，3岁女儿阴四女，10岁的阴娥子；同村张斌说，还有阴二旦及母亲、兄弟、妹妹一家。

沁河镇朴则村郭朴儿说，那一天日军扫荡，许多村民慌不择路逃往中峪，跑向后花园曹家沟，没想到却跑进火海。他知道被烧死的有胡计生、胡娄、胡新年和妻子及9岁儿子胡之贵、郭二保、胡如英。

李元镇新庄村王三儿证实,那一天,铺上村的王喜年、王四年、郭友同邻居数十人,躲到冯家坡沟避难,被搜出,郭友被当场打死。其他人被带到曹家沟,汇入从别处带来的一百多名男女中。

  最终,都燃成灰。

  折几枝柳条,采几朵野菊,放在榆树下,给这些有名的无名的魂灵,也祝这棵榆树长青。

桃卜沟的两支枪

无论是枪支还是手雷,它们的任务都一样:紧跟手握他们的人,誓死保卫沁源!

桃卜沟的两支枪

一路行走,总是要听到枪声。"砰——砰——"听,又响起了。带路的村人说,那是桃卜沟。

桃卜沟的枪声响了,却不是战斗的酣畅舒展,而是被罪恶充塞的沉闷。

有鸟儿从上空飞过,是惊恐的速度。

有猫狗跑向深山,带血的爪印染红落叶。

那是1942年10月,枪声过后,鲜血铺满桃卜沟。这是沁河镇有义村一个庄子,枪响在一次不同寻常的扫荡之后。

一队从县城而来的搜捕，一路嗅向桃卜沟。143位扶老携幼的村民从缝隙中、角落里，一

火铳

一被刺刀挑出来。百姓是惊恐的，也是侥幸的。他们只是一些普通的老弱妇幼，他们的躲藏只为将一条平凡的生命留住。他们不是第一次遇到敌人，他们也知道敌人无非是想搜点粮食，无非是想找到八路军，还有党员干部。

他们中间，连一个民兵都没有，因此他们的心，在惊恐一阵后又慢慢坦然下来。

搜不到，就离开了罢。大不了，看谁不顺眼打几枪托，至多再捅一刀。然而他们想错了。没有粮食是错，他们的沉默是错，他们的贫穷是错，他们离开家时将水井设施破坏更是错。一刀一刀，一枪一枪，饿着肚子的敌人越杀越有劲。一个个活生生的人，在他们刀下如同蚁鼠一般。

桃卜沟的土地，红艳艳的。那血一股一股，在死亡者的身体下挣扎、流淌，由热变冷。这其中，有一位怀有七个月身孕的中年女人。她的死非但没有让敌人有一丝内疚，反而觉得余恨未尽。他们心中，肚子里的孩子，必然是有着与母亲一样倔强的基因，于是狞笑着残害了母子。

呜呜咽咽，有风吹过。

远处山头，有民兵将头埋在土里痛哭。这一幕将他们的心扎得

千疮百孔，他们的愤怒只能将手中的石块捏成碎片。他们中就有怀孕女人的大儿子贺逢光。143位惨死的村民中不仅有他的母亲，还有父亲、三叔、二婶，以及未来得及看清是弟弟还是妹妹即将喊他哥哥的那个小小的人。

敌人仍不罢休，抑或是村民的鲜血更激起他们黑色的欲望，继续向深山挺进。

不幸，又有三百多群众被发现。

感谢时间，到了中午。接连的大收获让敌人胃口大开，他们要将百姓的饭吃光，再将他们的命取掉。

这样的戏要让他们兴奋。他们似乎已经看到，八路军或党员干部前来，看到因无力保护这些生命而疼痛万分。

如同胜了一场战争，敌人要慢慢享受这"胜利"的过程。留下一名机枪手看管三百多名百姓，其余开始用餐。

他们用血淋淋的手端起洁净的碗。

机枪手懒洋洋坐着，沉浸在即将到来的痛快杀戮中。他不知道，远处的山头，一颗子弹已精准瞄向他的头颅。

嗖——不偏不倚，这颗子弹精准地穿过风，穿过桃卜沟上空，穿透机枪手的脑袋。

一颗痛快淋漓的子弹带着血，落在村庄的土地上。

人们还没反应过来，又有两名正欢喜吃饭的敌人应声倒下。毫无思想准备的日军瞬间慌乱了，以为来了八路军，匆忙抬起三具尸体，丢下三百多百姓狼狈逃回县城。

那让敌群胆战心惊的第一枪，便来自贺逢光。

"神枪手"贺逢光，就是桃卜沟土生土长的穷孩子、苦孩子。少年时因家穷,到离家四五十里外的中峪给人放牛。一次遭遇到狼,他机智地利用牛的力量脱险。

为了保护主人的牛,他想到枪。

赶着一群牛,背着一支土枪,他在广博的大山中积累了高超的射击技艺。敌人来了,他转身,以对抗狼的力量,再次端起枪。

1942年,34岁的贺逢光参加八路军已经六年。两年前,部队为了让他照顾体弱多病的双亲,特意安排他留在村里担任民兵队长。然而两年后,他却眼睁睁看着父母惨死在眼前。

一腔仇恨,积压在胸中。

1943年,是沁源人第一个离开家园的春节。阴云笼罩的山沟里,也不时响起拜年的祝福声。没了父母,简陋的寒窑更显空洞。刚刚正月初六,便没了年的气氛。这时,已担任村武委会主任的贺逢光得到一条消息,一批敌人即将从城关往阎寨运粮。他迅速带人埋伏在冰冷的沟中。敌人狡猾,嗅到不祥之味,便不断改日期、改路线,然而最终,还是被贺逢光的队伍精准堵截,尝遍手榴弹、地雷的威力。

一次一次,贺逢光与其他民兵干扰着敌人的出行。使得日军在军事上顾此失彼,尤其是阎寨、中峪、城关受到全面围困。同时没有群众"维持",所占点线完全陷于孤立被动。

1943年1月,日军69师团窜回临汾,将尴尬局面交给长治方面的36师团222联队斋藤大队。

一个早晨,一百多名由交口到城关的新驻剿军刚刚走到石佛栈上,便被锁定。贺逢光惯用的攻击目标是骑马的、打旗的、挎洋刀的。他又一次首当其冲,一枪出去,一位骑马的军官应声落地。面

民兵英雄贺逢光

对突如其来的枪声与手榴弹，敌人在进退维谷中挣扎、反击。

那一战，死伤极大的敌人再次尝到贺逢光的厉害，从此扬言"抓不到贺逢光不罢休"。

桃卜沟的又一个十月，来了。

170余人，80根绑绳，分三路。目标，便是小小的桃卜沟。于日军而言，一年前在这里轻易杀害143名百姓的快感在体内久散不尽，这快感让他们以如此多的力量来捉一个人充满信心。

夜降临，鬼子进村。

远远地，贺逢光窑洞内亮堂堂的灯光让他们兴奋，烧火做饭的气息也扑面而来。走近，更听得屋内猫叫狗吠声。

即便给贺逢光一双翅膀，也飞不出去了。院子被死死围住，窑洞被死死瞄准。

枪，齐刷刷的，射击！猫狗的哀鸣惨叫随之传来。

贺逢光，能挺多久？敌人急于看他的惨相，一齐往窑洞冲。

轰！迎接这前赴后继的，是一声巨响。冲在前面的"勇士们"惨叫着倒下。他们万万没有料到，窑洞内并非伤痕累累、等待束手就擒的贺逢光，而是张着嘴的铁雷与地雷。

桃卜沟的大山里，贺逢光漂亮地唱了一出《空城计》。

那些日子，与贺逢光携手活跃在桃卜沟的，还有一位神枪手余文海。两人同龄，均出生于1908年。

与贺逢光不同的是，余文海15岁那年才跟着父母从山东逃荒来到桃卜沟。沟里人善，接济一家安顿下来。此后三口人拼尽一身力气，也仅仅是不挨饿。看着茂密的山林，余文海想到打猎养家。

从此，桃卜沟的深山常常有一个背着一支旧火枪的年轻人出没。一只只狐狸、野鸡、野猪，成为他枪下的猎物。

彼时在中峪，同龄的贺逢光举着土枪，在对付狼。

日子如果这样继续下去，他们的生活会慢慢如意。可是，日军来了，不但要占领这片土地，而且践踏着这片土地上的主人。一位女孩子被围堵，强奸后刺死；十几位乡民在扫荡时被射杀，鲜血染红了小河。

一幕一幕，余文海亲眼所见。他联手贺逢光等人组建起强大的民兵队，拉开与敌人周旋的帷幕。

两位双双在1938年入党的年轻人，巍然撑起桃卜沟的天空。

沁源的1942年，充满凶险。围困战开始后，敌人四处扫荡找粮食，然而屡屡遭到各处民兵的奋起反击。十月的一天，在阎寨扫荡的敌人遭到民兵打击后垂头丧气，空手返回据点。

严重缺粮的敌人会善罢甘休吗？民兵觉得，敌人很可能会转向这里，便早早在桃卜沟的杨林疙瘩埋伏下来。果然，第二天下午，

民兵英雄佘文海

约有一个连的敌人越过沁河，朝桃卜沟而来。

一进村，便四下撒开，一户户搜寻。

看到有空手出来的人，一位坐镇指挥的敌人便举着指挥刀哇哇大叫。可是喊着叫着，却突然直挺挺如僵尸般倒地。

枪声，从远处闷声划过来。

"当时碾盘在这个位置，指挥官站在这里，佘文海就在对面的杨林疙瘩上。"现任村干部一指对面的山头，"一枪过来，鬼子叭就倒下了。"

78年后，我来到桃卜沟。

"当时这里还有一堵石墙，旁边有一条小土路。"七〇后的村干部描述着从上辈人嘴里听来的这一枪。站在当年碾盘处，远远望过去，离对面的山头杨林疙瘩，距离至少有二百多米。

那颗子弹,一定带着疾风。它穿颅而进的速度中,包裹着桃卜沟积压的仇恨。

今天,桃卜沟成了无人之地。只在离当年碾子一百多米的地方,残破着一处院子。据说,当年贺逢光一位本家弟弟在此住过。踏着杂草进入,只有空寂。

贺逢光出生的院落,早已没了影踪;余文海借住过的房屋,也早已坍塌。

桃卜沟一次一次回击的枪声,让敌人对这个小小的庄子充满恨,充满痛,充满畏。他们绕道,都不行。

一个早晨,余文海接到县轮战队指令,在山上打伏击。左等不来右等不见,急性子的余文海按捺不住了,悄悄往前摸到河滩。果然,二沁公路大约八十多名鬼子从石渠山后绕过来。

两名军官,高高骑在马上,傲然向前。跟从的队伍警惕地左右环视,大山以沉默冷静作答。他们不知道,危险就在远处,余文海就在远处。他控制着一颗激动的心,卧倒,瞄准。

一声,两声,两名敌军官先后倒地。听惯了枪声的两匹马只轻轻低一下头,便径自走进深山里。

余文海卧一阵跪一阵,一枪一枪打向慌乱无比的敌人。

越打越勇,越射越精准。无事的时候,余文海常常一个人进山,如他当初寻找猎物那样,寻找敌人。

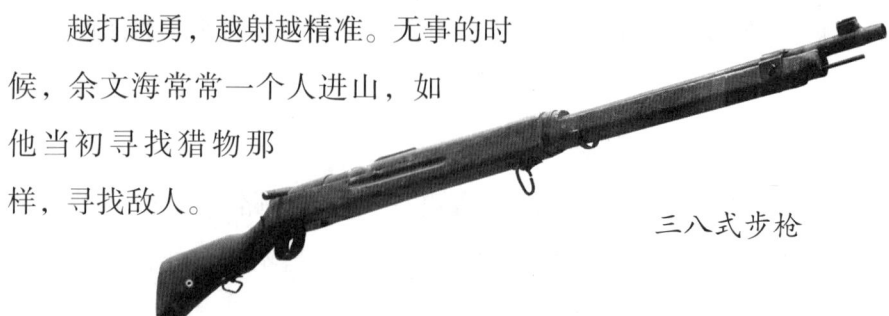

三八式步枪

一次正转着，遇到八路军一名战士被敌人追赶，余文海果断举枪射击，将人营救。之后知道，战士是八路军一名侦察员。

子弹稀缺。余文海便常常把仅有的粮食卖掉去换。那些年，他宁可少吃，也要想法去换一些宝贝子弹回来。而敌人的子弹，当然更让他惦记。

一天，从县游击大队朱秀芝那里传来消息，敌人将在一两天内从沁县运一批弹药过来。轮战民兵迅速上山，但直到第四天，确认安全的敌人才悄悄从交口据点摸出来。那是一个二更天，沉静如水的夜，却暗流涌动。

他们的目的地，是官军镇。

驮着弹药的驴马在前，日军在后。暗夜里的恐惧越逼越近。

终于进入伏击圈。一时间，手榴弹此起彼伏，欢叫着在敌群中开了花。余文海趁乱冲进敌群，抢回三支三八式枪，一百多发子弹，十几颗手榴弹。

这一次对抗，日军再次以死伤二十多人的成绩落败。

有人做过统计，余文海在沁源两年半围困期间，用一支简陋的枪，打死敌人不下二三百人。

1945年1月，在当时沁水县东部临时设立的士敏县郑庄，召开了盛大的晋冀鲁豫边区太岳行署"群英会"。万众欢呼声中，余文海、贺逢光双双出场，将"杀敌英雄，神枪手"的光荣称号披回桃卜沟。

桃卜沟是不幸的，伤痕累累，尸骨遍地。桃卜沟又是幸运的，双双迎回两位英雄。

向山而奔

一边是黄土,有战火闯荡;一边是大山,任英雄飞扬。

向山而奔

> 翻过一座座山，我看到山凹了。当初无数次想回城的人们，为什么却又要一次次向山而奔？

山中险，山中冷，山中饿，山中难。在山中，跑着跑着就没了命。

可是，沁源人还是要奔往山中。

沁源的山中，弥漫着一种无形却神秘的力量："要围困，不要维持""家家不维持，人人反维持"。

"沁源人不能有一个当汉奸！"对县围困指挥部发出的强音，沁源百姓坚定回应。

《陈赓日记》1943年3月12日记载，"60岁寡妇出嫁，卖小孩，偷，面黄肌瘦。士绅、地主亦然。每日两顿，普遍吃糠，但誓死不维持。以上永宁沟"。

然而沟大林深，当然也有例外的。1942年12月以来，平遥汉奸王士敏被利用，威胁村干部，导致交口周围20里被维持。群众被迫要求：洗衣服，送情报，支民夫，动员山里群众回家。

预料之中的事，按预料之中的做。枪毙维持头子，挑拨内部矛盾，教育、孤立被维护分子，转移家属，告诉百姓"维持敌人就是养活敌人；养活敌人，敌人就不离开沁源"。

很快，曾动摇过的逃了出来，百姓自觉交出"良民证"，再一次奔赴深山中。

一些特殊群体，始终备受关注，在监控范围内。《陈赓日记》1943年7月6日记载，"掌握流氓、小市民、抽大烟的，解决他们的问题，使之远离据点"。"开士绅会议，鼓励其情绪，使之满意，表扬好的。"

被感召，被引导。一个个百姓，义无反顾，弃家奔向山中。

沁源人的骨头硬，日军一步步领略了。36师团222联队第一大队长斋藤接防后曾夸口"要在一个月之内建立起维持会"的幻想早已化为泡影，他们只好从外围大量网罗和培植特务，再将他们派往山中，抓捕有价值的抗日干部群众。

这些急于立功邀赏的人，利用地形及语言熟悉的优势，不择手段窃取信息。二月下旬，驻守沁县松交村的太岳一分区司令部分区参谋长吕尧卿、政治部主任刘正平等30多人被出卖抓获；三月初，绵上汝家庄 200 多人被抓获。

城关据点内,陆续被抓回 300 多名干部群众。

其中很大一部分人,都是"有身份的人",有战士,有民兵,有党员干部,有士绅。

许以每人 10 亩土地,被百姓拒绝。300 多人当中,找不出愿意接受恩惠的人?

日军不信。

都是肉身。

一

300 多人,一一理清身份,区分对待,攻心。

民兵,是百姓中的主力军。可是,小恩小惠端出来了,好言好语捧出来了,却无用。

不仅无用,这些人表现出来的,往往是没有余地的一种硬。而这莫名的硬,让敌人极其痛恨,不都是个农民嘛,不都是为了过个安身日子嘛,放着好事,怎么就不要呢?放着家,怎么就不想回呢?

他们不信了,这骨头有多硬。

那就硬碰硬吧。

刑具,一件件摆出来。他们知道,多少硬骨头,在这样的物件前败下阵来,有的人甚至只要往脚边一扔便吓得连连求情。

可是,一件上去,不行;换一件上去,还是不行。

不是不疼。他们能清晰地听到那惨烈的叫声,那是骨头撕裂才会逼出的声音,那是钻心钻肺才会有的哀鸣。

一件,一件;一声,一声。

沁源 1942

深山里，积聚着一代代沁源的力量

刑具由轻到重，叫声由小变大，再到无声。

是啊，都是肉身。城关董家巷民兵樊拴拴，终于挺不住了。他记不清领受过多少种刑具了，看不清流出多少血液了。总之，他再也挺不住了，他想求一死。但敌人不让，面前放满好饭好菜，让他再想想。

疼痛难忍，饥饿难忍。

疼痛得忍，饥饿得忍。尽管没有力气了，他还是挣扎着，推开送到嘴边的饭食，绝食而死。

什么都没有了，只剩一把硬骨头。

城南民兵史三管，也终于忍不住了。他知道，这屋子是出不去了,那把破旧的枪再也摸不到了,山中一起战斗的兄弟们再也见不到了。

他用最后的力气,把自己悬在梁上。

"董家巷饿死樊拴拴,城南吊死史三管。"多年以后,没人知道他们的样子,但都记着他们的名字。

交口乡北洪林村民兵武拴牢,却不甘这样轻易离去。一件件刑具失败后,把他打入水牢。

初春的太岳山中,很冷很冷。山中的水牢,很冰很冰。被冰冷的水刺得极其的清醒的武拴牢告诉自己,不能投降,也不能轻易死去。

可是,潮湿阴冷的水牢,只有一池罪恶的水,只有冰冷坚硬的墙,只有他的一颗脑袋,一双手,一双脚。

这脑袋,不归自己左右了。多少次敏捷地奔走在山中的一双脚,也要废了。还有,这一双劳动的手,一双与敌人做过无数次斗争的手,从此再不能拿刀拿枪了。

这手啊,他把所有的力气攥在手里,砸向墙。

突然间,他又兴奋了,兴奋得甚至忘了疼痛。有脑袋,就能想出思路;有手,就能继续劳动;有脚,就可以继续跑啊。

跑啊,那自由的奔跑,多么诱人。太岳山中驰骋过的英雄,难道真的就被一个狭小的水牢所困?

一遍一遍,武拴牢打量着眼前这方小小的空间,寻找突破点。

什么都没有,只有墙;什么都没有,但有手。于是一寸,一寸,他慢慢抠出一条缝。一下,两下,慢慢挖出一个坑。疼啊,但前方有光明。他告诉自己,眼前的墙并非铜墙铁壁,只是太岳山中的土。

是土，就有松动的可能。

一个人的夜里，一个人的战斗。一到夜里，武拴牢便疯狂地将十根手指伸进墙里。后来，他便联合了水。这被迫成为罪恶的水，也被他感动，侵蚀他的躯体，也侵蚀着坚硬的墙壁，让那土也松软下来。挖，掏，撬，狭小的水牢中，他的双手变为铲，变为锹，变为利器，一毫米一毫米地抠，一厘米一厘米地挖。他以无比坚定的耐心，一点点往深处掘进。累了，他将血淋淋的手指泡在水里，慢慢感受水中的殷红。钻心地疼时，他便左手握紧右手，右手攥紧左手。

一个又一个夜里，他像老鼠打洞般，掘进！掘进！

不知道多少个夜晚过后，浅浅的小坑变成深深的大坑；深深的大坑变成长长的通道。

那是一条路，一条通往家的路，通往光明的路。

又一个夜里，武拴牢用一双血肉模糊的手，挖通最后一层坚壁，冲出水牢。

夜虽暗，空气却清新。

英雄要再次现身，不能两手空空。于是他避过哨位，悄悄摸到牲口圈，牵出一匹马。

初春日的暗夜，连罪恶也睡了，只有一个身影，策马奔向山中。

二

一次次失败，一次次不甘心。

敌人的眼光，再次扫向被捕人群，扫出阴明之。

阴明之不是普通群众，他早年毕业于山西大学，是沁源最有势

阴明之（中）

力人物阴国垣的儿子。据说阴明之与家庭关系并不融洽，平素也不接近上层人物，不问政事。然而他有文化，有地位，有头脑，是旧官吏都不敢招惹的角色。

当然，也是日本人愿意亲近的角色。

这一次，他是被特意关照来的。

一切与众不同，住所是舒适的，三餐是有酒肉的，饭后是有烟土消遣的。

敌人的用意，阴明之内心一清二楚。敌人非常希望，他坐上维持会长这个位置。他的地位放在那里，不怕各方面没有保障。

阴明之不关心政治，却不会不关注形势。脑中浮现的，却是之前参加士绅代表大会时吃过的"八大碗"。那样一支清贫的队伍，却将沁源最好的红烧肉、小酥肉、丸子、粉条、沁源豆腐……精心拼凑起来的八盘八碗端在他面前。他知道对于他们而言，哪一道都来之不易，他知道其中蕴含的诚意有多珍贵。那一次，让他更感动的是他们的信仰与信念,他们的目标与方向,以及共产党对待仁人志士的诚恳态度。

面对日军提供的优厚待遇,阴明之始终揣着明白装糊涂,不接话。

敌人等不及了,将一顶定制的礼帽,一身特制的马褂,一块写有"沁源县维持会"的牌子,恭敬地举到他面前。

他们,为他准备好一切。不可能再装聋作哑。想了想,阴明之开口了:第一,我只当会长,不当群众。

当然了,当然了!我们找的,就是会长啊!日军连连点头。

"那么,请你们把原来城内的,以及周围村庄的老百姓统统给抓回来啊。"

怎?

"有了维持会,皇军以后是不是要向我征粮、征款、征人呢?可眼下只有二三百人,我拿什么维持皇军?"

"皇军"不高兴了,可是"皇军"忍着:那么,第二呢?

"第二,请皇军把山里的八路军与民兵统统消灭掉,或者赶跑。"

"你的,良心大大的坏了!"斋藤少佐终于怒了。

阴明之也终于笑了,"太君,皇军如果不把山里的八路与民兵都抓了,他们说不定哪天就要摸进城来要我的命啊。"

看看斋藤的脸色,阴明之竟又补了一句:"让八路杀掉,倒不如让皇军杀掉!"

极其愤怒的斋藤,一时无言以对。

"老百姓,为什么不愿意回家呢?"斋藤话锋一转,想缓和气氛。也或许是,他愿意让阴明之说出,老百姓不回来是因为八路军阻拦。

"叫皇军老爷杀怕了!"阴明之却这样告诉他。

斋藤无话,转身离开,怒嘱两个自卫团,对阴明之严加看管。他觉得,只要阴明之跑不了,事情就可能发生转机。

汉奸不出面做工作了,斋藤不来了。漫长的日子,阴明之筹划着打发。他主动靠近自卫团的人,与他们聊天,了解他们的情况。当得知其中一名成员来自东北时,对他格外关心。对方也很信任他,将自己身世与家庭讲给他听。因此每每别人不在时,他们便像老乡般聊天。阴明之得知,对方也是生活所迫,才以这样的身份来到此地,便有意给他讲眼下的形势,分析以后的可能性。还把日军给的好烟土给他抽,又拿出身上的钞票塞进他口袋里。

或许是有意,或许是对好人的放松,终于在又一个深夜,阴明之得了空。

又一道身影出得据点,向山而奔。

出去后,他还给河西村民兵带出情报。于是很快,城关席坡下被敌人抢去的100多头大牲口、1000多只羊重新回到百姓手中。

三

逃跑,绝食,上吊,气急败坏的斋藤怎么也想不明白,这些缺衣少粮的中国百姓,为何如此坚定。

是什么,让他们的心如此倔强不改初衷?

那大山深处,到底是什么力量如此诱人?

眼前一个个宁可在呻吟中痛苦而死的人,也不被他给的待遇所动。维持会,越来越渺茫,他也越来越没了耐心。

他将这三百多人,交给从国内刚刚征来的一二中队新兵。他告诉这些正准备给皇军效力的娃娃兵，用这些人，先"养精蓄锐"，再"试斩试杀"。

"征服了这批人，你们就会成为英雄！"

那一刻，斋藤因失败而越发刺耳的笑声划破上空；一群异国娃娃兵跃跃欲试，迈向刽子手的征程。

这是用刽子手玷污"英雄"，这是罪恶的交接与传承。

"养精蓄锐"，就是体验女人。而不管男人女人，都是赏给他们"试斩试杀"训练的试验品。

一把把刀，争相露出刀锋。

一时间，女人们被撕裂，撕碎。之后，还要再拿出刀，划遍她们周身。她们的某些部位，被丧心病狂地划过，捅过。

干部，党员，民兵，有良知的百姓，一个个脸上无畏的表情，更加刺激了敌人残杀的报复心。

死的方式，可以有几种？刺刀捅；先射再砍；吊起来一刀刀剐；活埋；割鼻挖眼后喂狗；颈部"一刀砍"……

同是肉身啊！一群人，偏偏就要以这样的方式制裁另一群人。

一把把钢刀，变得鲜红，咆哮着、狞笑着、骄傲地争相伸向空中。

大股大股的血，淌出来，流下来。

鲜血的主人，大都流淌得失了姓名。能留下来的或许只有王有福、郭成仁、李逢春、张五孩、张怀珠、韩七则、韩福昌、武和则、邓怀仁、王天保、刘仁、张林义、史二熬等少部分人；他们的村庄，有作坪村、垣上村、中留村、忠义村、自强村、龙泉村、南洪林村、麻巷村、北岭上村、北洪林村等；他们的身份，有二区分委委员、武委会主任、民兵、党支部书记、财粮主任、洪赵支队战士,以及普通群众。

一股股热血,像号角吹过。一群人倒下,又一群人站起来。此起彼伏,像那山峦,绵延在太岳山中。

雨水依然落在佳处

讲述是别样的风景,风景是沁源的英雄,他们在雨中闪着光……

雨水依然落在佳处

> 下雨了吗？行走在太岳山中，时常遇到雨。稠密的雨，稀疏的雨，落在山中，落在河中，落在树上，落在谷子地里。看，雨中，奔跑着一个人。

正是夏日。

进村之前，有雨飘过，时紧时缓，将一颗心淋得湿漉漉的。

法中村56岁的孟庆东不会想到，即便已经卸任村支书职务，还是要一天天坐在自家院中给一拨又一拨的人讲述村子故事。

每一次讲述，都是从村名开始。

与正中村、学孟村一样，法中也是一个英雄的名字。因此孟庆东的讲述，总是带了英雄的气概。

　　这一天，他是被我们从午睡中拉起来的。他的院子紧邻马路边，轰隆隆的运煤车一辆接一辆，他却能安然入睡。他说习惯了，我却觉得这村中的人都是经过枪炮洗礼的。

　　尽管，他没有经历过战争。

　　"三家村五家寨"是最早的村名，不知道怎么来的，只知道是明朝永乐年间的事。这名字听上去很红火，有赶集的味道，当初是三个村五个寨合成的吗？想必一定是有戏台有庙宇有川流不息的人群，更有浓烈的烟火气。然而多年后，却连年逢了干旱，没有收成，不得已请来一位高人。大师放眼，全方位丈量村庄，经过一番思考后，郑重写下两个字：霍登。

　　霍登的寓意，是让雨水降至最佳处。最佳处得了雨水润泽，必会五谷丰登。

　　想来，经大师指点过后，雨水一定不负众望，浸润着这最佳处，因此这名字，一直延续下来。

　　可是，遇到1942年。

　　沁源县城被日军占领了，距县城20公里的霍登也设了据点。

　　孟庆东出生的时候，那个曾经挥手命下"霍登"村名的先生，已无一丝影踪。孟庆东当时不知道，他出生20年前的1943年9月，有一个人像当年的大师一样站在村中郑重宣布："霍登"从此改为"法中"。

　　此人是时任区长梁东初。本次更名并非祈求风调雨顺，而是为了铭记一个人。

　　一个用生命打开一个村庄新历史的人。

法中村的张法中纪念碑

这个人,是平遥人张法中。关于张法中的死,说法有几种,更多的是他在侦察过程中与日本人遭遇,之后展开一场战斗。然而终因寡不敌众,悲壮牺牲。

这或许是百姓眼里的悲情英雄形象吧。孟庆东却说,这更像电影中的惯常情节。他更愿意相信从阴留柱嘴里听来的版本,觉得更加真实可信。他说的阴留柱是法中村最早的住户,又名阴志伟、尹志伟。尹志伟1943年任沁源围困指挥部副总指挥,新中国成立后曾任临汾地区汾西县委常委、常务副县长。这件事选择相信他,也有这些原因,觉得他算是有地位有觉悟的人,言行该是严谨的。况且,抗战岁月中,尹志伟曾和张法中并肩战斗过,两人是老战友。

沁源 1942

平遥人张法中，出生于1911年，1936年考入山西省国民军官学校（当时在介休），毕业后参加抗日，任沁源县一区武委会主任。之后的几年，他将全部身心扑在沁源这片大地上。

张法中受过专业教育，因此不仅胆略过人，而且枪法超凡。当年的历史见证人霍仲武之后曾说过："鬼子一听说是张法中武工队的辖区，就绕道而行。"

日本人占据了沁源及周边后，不断在各个村庄制造惨案。起因当然是让村子搞维持，为他们服务效力。霍登村更是建立了日军据点。那时候张法中经常来村里，却从不住在政府安排的地方，而是总在一个姓董的人家。知情者讲，两人一是说得来，二来董姓村民也是一名积极分子。那时候，张法中经常召集民兵及党员积极分子一起商量对付日军的办法，比如让民兵掏来茅粪倒入村中水井，让日军无法正常吃水；比如近期听闻日军有什么行动，想法阻拦；比如哪些民兵被抓，需要救援。

当时霍登村日军驻地下边有一个大牛圈，日军常常把抢走的牛羊关进去，隔几天便杀一头改善生活。也是张法中，组织民兵瞅准机会一次次放出牛羊。

党员民兵的行为，日益激怒着日军。

1943年农历五月初一，不服气的日军再次将霍登村包围，强迫搞维持。200多名群众暴露在明晃晃的刺刀下，谁抗拒，下场便是活埋。日军想不到的是，竟然有一批人宁愿迎刀而上，也不愿搞维持。于是为了杀鸡儆猴，42位态度坚决的党员、民兵及群众被先行杀害。

而青年党员李八孩、民兵干部李九孩及黄福生，更是受到日军的"特别"待遇。在各种手段用尽无果后,打,刺,再将辣椒水灌入他们嘴里。直到奄奄一息,也不让他们痛快死去,还要留待晚上活埋。

唯其如此,才能解他们心头恨意。

当时,日军还有更狠的一招,那就是"连环保"。他们将四五家编成一环,只要跑一人,整个环上的人便全部杀尽。

让人想到株连九族。

三名民兵处于最危难的时候,另有150多名群众及抢来的耕牛被关押。张法中一听到消息便开始积极组织营救,他亲自带领武工队和民兵进入村子,凭借熟悉的地形,避开日军巡逻兵,与当时的维持会主任、地下党干部霍仲文取得联系。经对关押的地形详细分析,制订出精准的里应外合方案。

大多数群众与耕牛,得以成功营救。但对三位被俘民兵,日军却看押甚严。急中生智,张法中想出一计,将一把剃头刀交给霍仲文,托他转给三位民兵自行逃脱。霍仲文终于瞅到机会,将剃头刀悄悄塞进黄福生手里。但因彼时已临近活埋时间,只有黄福生艰难地将捆绑自己的绳子割断侥幸逃脱。

八孩、九孩却不幸被埋。连同两位英雄含恨入了土的,还有他们连环链上的那些亲人。

黄福生手中的刀,受到日军追查。为保护霍仲文,张法中利用本村村民孙来福为敌人挑水的机会,把一张写着营救时间与地点的条子传过去。待霍仲文按约定时间挑着水桶到达杨林坡的河边时,被早已守候在那里的张法中等人成功营救。

今天,新任村支部书记马建民接替了孟庆东曾经的任务,接力

沁源 1942

传递张法中的故事。那个中午,他站在英雄纪念碑前,向我指明当年活埋八孩、九孩,还有其他村民的一条沟。他说,那条沟之后好多年村民都不敢去,因为沟本身有个可怕的名字,叫强奸沟,因当时日军隔三岔五将掳来的妇女带进沟内窑洞强奸并杀害而得名。

热辣辣的阳光下,却周身生出一股寒意。

枪法超凡、智慧过人的张法中,并非每一次与敌人的斗争都会顺利。1943年7月4日,成为一个与他生命相关的日子。这依然是阳光热辣的一个暑天,张法中一行几人到有义村开会。正值夏收季,他接到的任务就是组织群众抢收小麦。一浪一浪的小麦黄灿灿铺在麦田里,看上去让人兴奋。抢种的惊心萦绕在脑中,抢收这场特殊的战役又将打响。

返程途中,路过霍登庙凹的三神庙附近时,远远看到一个日本兵在下面的麻池边洗脚。周边麦浪滚滚,而这鬼子即将加入阻碍抢收的大军。望望,四下无人,张法中果断举起枪。

没想到随着枪声,竟从旁边冒出二十几个日本兵。彼时他才知道,原来对方是一个小分队,其他人都在他看不到的阴凉处休息。

二十多支枪,齐刷刷瞄准张法中。尽管他左躲右闪,肩部还是中了弹,倒在地上。

分头跑向别处的同行者远远望着,却无法伸出援手,眼睁睁看着日本兵跑过去,恶狠狠将他拖走。

那一幕,成了张法中留给战友最后的画面。从此尽管大家用尽各种方法打听,还是没了他的下落。不知道他什么时候被处死,不知道以什么样的方式被处死。只知道,那一年他年仅32岁。

今天的庙凹,只剩了庄稼。曾经的三神庙也没了踪影,麻池也

张法中当年牺牲地附近,一处小庙静静伫立,护佑着这方山水

几乎没了水。山梁上风轻轻的、静静的,昔日的血腥早已尘封。

时间滑过63年。2006年,张法中烈士纪念碑在法中村竖起。当时,专程请来他平遥的家乡人。家乡人来了,还带来一个好消息。原来,1943年9月13日,有沁源地下党把张法中的尸体运至沁源与平遥交界处,交给平遥方面的地下党。

大家由此有了模糊概念,英雄张法中,牺牲时间或许在1943年9月?从7月4日被捕到9月的两个月时间里,英雄遭遇了什么样的摧残?

幸而,张法中被埋回家乡——平遥段村。

因为张法中,平遥段村与沁源法中结成友好互助村。平遥家乡人2006年从法中回去后,也在段村建起一座一模一样的烈士纪念

烈士张法中遗像　　　　　　张法中结婚请柬

亭。法中村的书记马建民也多次去过平遥段村,他说张法中家的旧居在村中永庆堡 8 号,属于东堡。他更听说,张法中的父亲当年在甘肃靖源县做丝绸生意,算得上有钱人家。张法中本可安宁躲过灾难,却选择了这条路。

说到张法中的模样,孟庆东说应该是高高大大的那种。2006 年请来的平遥家乡人中,有一位张法中的堂弟张法俭。他一出现,村中老人一眼便看出,张法中的长相就是那个样子。

尹志伟也说过,张法中的性格与他的长相一样粗犷,不讲究生活细节。平时身上总背一个帆布包,里面装着随身必需品。走到哪里瞌睡了,便将包往脑袋下一垫,睡去。抗战结束后,有人曾见过这个包,上面油油的,好久没洗过的样子,但后来又没了去向。

今天在当地,村里人都知道张法中。孟庆东说,他少年时代,村里每逢"八一"建军节、国庆节,还有"六一"儿童节,总会上演一个与张法中有关的节目。一般是两组参赛队伍,代表战斗的两方。随着冲锋号响起,两支队伍便扛着用木头做成的枪呐喊着往对面南山上冲,哪个队先冲上去便算赢。

后人们把英雄张法中的身影,高高定格在村对面的南山上;也把张法中的痕迹,一次一次以这样的方式铭刻在一代一代后人身上。

今天,张法中与夫人张蝶花成婚的请帖,还在后人手里。红艳艳的:谨占本月初十,次孙法中成宴;凡属亲友邻谊,礼不从奢宽恕;宠赐礼物人事,一概不领壁谢;特此预为周知。愚弟张凤鸣具。

红艳艳的喜帖,映现出张法中青春的影子。彼时,他牵着新娘,满脸笑意。

绵上的力量

『我们,在一起,联合抗日,坚决抗日,直到胜利,因为我们是绵上不朽的力量!』

绵上的力量

> 雨停了,风起了。走走停停,停停走走,并无设定的路线图。一片叶子上的蜿蜒,鲜血,一处接一处。

跑啊跑,跟着小脚的母亲,跟着羸弱的父亲,跑啊跑,身边还有邻居的喘息声,跑出家门,跑过田间。一个窑中挤满人,另一个窑中也挤满人,好几个窑中都挤满人。他们继续跑,跑到上气不接下气,还是要跑啊跑,最终仓促跑上窑窑坡一个狭小的窑洞。

憋住气息,忍住呼吸。不用父母提醒,他也懂得,不能发出哪

沁源 1942

怕一丝声息。

一群人隐在窑中，与土，与树，与落叶，与枯柴，与尘埃一样，悄然匍匐在山中。敌人来了，奔他们的方向来了，透过荒草，看得真真切切，心跳得厉害。敌人扒开草丛，搬去石块，地毯式搜寻。终于，敌人兴奋了，在下面的窑洞中看到人，一个，两个，五个窑洞中躲藏的人，被一一拖了出来。

一个一个，这些男女老少被紧紧捆着、绑着，押到河家沟一块地里，一字排开，一一捅死。

这一幕，成为绵上村段新和9岁那年刻骨的记忆，也是大山留给他最初的疼痛与恐惧。他不记得鲜血，或者说当时他已经忽略了血，他只记住手起刀落，只记住随着手起刀落，一些爷爷奶奶、大娘婶婶以及小伙伴们从此从这条沟中消失。

那是绵上村的一条沟。

郭道镇绵上村，在绵山脚下，早年叫绵上镇。村中有通往平遥的古道、商道，有巡检司，还有天齐庙、玉皇庙、朝阳观、奶奶庙、封神庙、宝觉寺、进士庙、城隍庙、龙王庙及过街牌坊等大小十几座庙宇寺观，又有恢宏的绵上关高高矗立在村西头。

一个宏阔的古镇，终结于1940年。就如长大后的段新和，记忆中只有一道一道的山沟。

1921年出生的史玉安是当年"保卫绵上"民兵队的一员。他忘不了，1940年农历十月初六，日军大批部队从平遥、王和等地出动，向绵上村扑来。那一天，郭来根一家7口来不及躲藏，全部被杀；李全福一家12口，只留下他一人；田增华家11口人，10口被杀。在桥沟，民兵宋治国、段士生等十几人被抓后，用绳子捆起沉入井里,又将磨扇推下去压在身上,活活溺死。

连续三天,敌人在解家沟与何家沟一带疯狂杀戮,290多名无辜百姓惨遭杀害。全村50多户被杀绝。150多头牲口被抽打着牵走,没了主人踪迹的房子也难逃劫难,被一把火点燃。

一座一座房舍,一个一个院落,被罪恶的火焰串联。村庄笼在火光里,烟雾弥漫在绵山脚下。

当整个村中烧到只剩下史守龙家一座院落时,敌人或许是兴奋,或许是觉得不够彻底,又将罪恶的手伸向十几座庙宇。

绵上镇,灰飞烟灭。

次年初,绵上从沁源割裂出来,主力部队也分开来,一部分驻扎在这里。他们东出白晋,西击同蒲,破铁路,炸桥梁,翻汽车,割电线,拔据点,把敌人袭扰得一刻也不得安宁。因此此后一年时间,日军集结万人以上的兵力,分头对沁源及绵上连续发动了"铁壁合围"和"辗转抉剔"两次大扫荡,企图以这种大部队严密交互包围的战法,将太岳军民消灭。

家可以毁,房子可以毁,庙宇可以毁,村庄可以毁,绵上人毁不尽。倒下一个,又站起来另一个。

1940年深秋的那次"扫荡"中,山中逃难的队伍中就有泥瓦匠出身的民兵队长药炎明。当时,他一路护送村民进入西南山沟后,却发现母亲与妹妹落在后面。于是紧急将两人安顿在一个水槽中。自己还有任务,便转身离开。然而当他跑到不远处翻越山梁时,迎头却与搜山的三名敌人相遇。

之前,或许是与乡亲们从打谷场上跑出来时拿的,或许是离开家时顺时抄起一件工具,总之药炎明当时手里只攥了一根连枷把。

沁源 1942

药炎明

"嘭"一声,他像平素打谷子打豆子一般,毫不犹豫抄起连枷把朝一名敌人头上打去。

爽朗朗的清脆声,响起在山间。这打谷子的好家具连枷把,表现着实令人满意。对方瞬间头破血流,栽倒在地。药炎明用力过猛,连枷咔嚓断为两截。

看似一个普通农民药炎明,压根没引起敌人的过多注意。可是,他一系列的动作迅速得让三名敌人来不及回味。连枷把断了,他又以迅雷不及掩耳的速度猛地跳到一个敌人面前,夺他手里的枪。此时另一个终于反应过来,叫喊着举刀向他刺来。哪知药炎明敏捷过人,一手迅速拨开刀,另一拳就势砸向对方胸口。

这结结实实的一拳,竟让敌人仰面栽入身后的沟里。

药炎明的手,一定淌着血;他的眼里,也一定冒着火。于是,在他血淋淋的攻势下,最后一个敌人夺路而窜。

或许,连药炎明自己也想不到,他这迅捷的连环串是如何精彩地爆发出来的,一气呵成,一丝都没有停歇。

孤胆斗敌,打出绵上威风!药炎明的事迹一传十,十传百,给了民兵极大的鼓舞,更给了百姓极大的信任。

又一个雨夜,他与七八位党支部成员及民兵负责人在郭海明家开会时,两个敌人突然端枪闯入。未等其他人反应过来,药炎明已顺手掏出枪对准敌人,砰——砰——两声响过之后,一个应声倒下,另一个拔腿逃出门。药炎明又一口将灯吹灭,带人出门。

院中的敌人还在枪声中发怔时,药炎明一行已消失在茫茫夜色中。

1941年农历正月十五,太岳军区召开了表彰杀敌英雄大会。孤胆英雄药炎明腼腆地被众人推向台上,在万众欢呼声接过军区奖励的一支七九式步枪。

时任太岳区党委书记安子文亲自在《太岳日报》撰文,号召全区军民学习药炎明"一根木棒镇凶顽"的精神。

药炎明从小家贫,一路在体力活中摸爬滚打,却思想上进。抗战开始后,因表现出色,担任了绵上村民兵队长,并于1939年加入中国共产党。此后有村人回忆,他长得浓眉大眼,魁梧结实,力气过人又聪明智慧。

1942年10月,刘少奇曾在绵上做短暂停留,他是从涧崖底经平遥到交城,再到达延安。他曾说,整个沁源及绵上,山大林厚、有水、粮够吃,人民群众勤劳俭朴、勇敢、觉悟高,是打击敌人的好地方。

沁源 1942

打击敌人的好地方，也一次次受过敌人打击。

今天，绵上村街心楼东南边还有一座忠烈碑楼。碑阳为当时晋冀鲁豫边区第九行政督察专员公署专员兼绵上县县长杨振亚题写的碑文。旁边还有薄一波所提"绵山浩气贯日月，沁河真烈永长春"的楹联。

英雄的名字，浅浅留在碑上，深深铭进心中。

绵上这片土地，本身就是英雄。1942年初春，驻晋南日军企图劫走佛教经典《赵城金藏》。中共太岳二地委书记兼军分区政委史健获悉情报后，拉开一场惊心动魄的文物保护斗争。经请示安子文，上报延安批准后，将任务交给军分区政治部主任张天珩和赵城县委书记李溪林等人。之后，李溪林与赵城县游击大队夜入广胜寺虎口夺经，人背马驮，将近5000卷经卷运抵安泽县亢驿地委机关。

过程中，八名战士为护经卷付出生命。

山路弯弯，血迹斑斑。

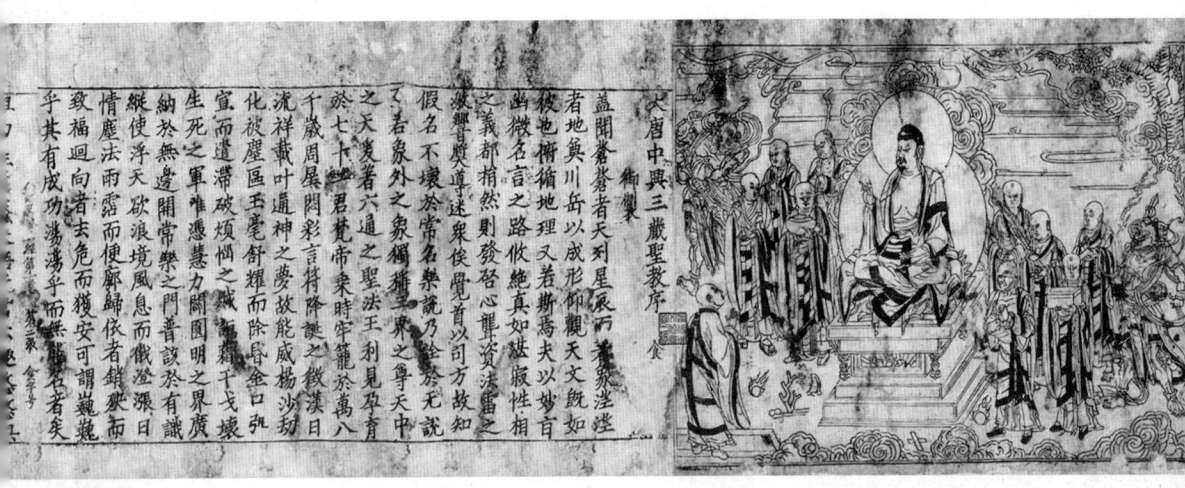

《赵城金藏》局部

日军一路跟踪,直奔亢驿村。史健果断决定让队伍带经转移,纪律只有一条:"人在经卷在,与卷共存亡。"

《赵城金藏》命悬一线,战士身边危机四伏,常常是前有险途,后有追兵。在日军的"铁壁合围"下,他们总结出"安全险中求"策略,几番涉险,生死辗转,经卷最终运抵沁源,在绵上县一个废弃煤窑里,长达4年之久。

《赵城金藏》得以完整保存,离不开绵上这片伟大的土地。

1941年被拆开的沁源县,1946年1月又重新合拢。曾经的烽烟也合拢,代代不息。

绵上二字,很温软;绵上,却如此有力量。

二沁大道上的冰与雷

聚满了兵和民,扛起了枪和炮,我们,坚强不屈地走在二沁大道上!

二沁大道上的冰与雷

> 终于,踏上二沁大道。这似乎是传说中的一条传奇大道,却充满血与火,铺满冰与雷。

两千民夫,齐刷刷铺在圣佛岭下,一尺尺绵延着一条大道。一大批人是再次被日军征回来的,对这条路爱恨交织;一批人是新加入的,被迫在自己的土地上铺着即将让敌人使用的路。

圣佛岭,是沁河与漳河的分水岭,也是沁源与沁县的分界线,其东面是沁县,西面是沁源。二沁大道,横亘在沁县与沁源之间,是阎锡山之前未修完的一条路。当时修着修着,日军来了。

沁源 1942

大道周围的百姓,也统一在1942年11月份实现了大转移。

面对一无所有的空村,无奈的日军一边抢夺,一边把眼光盯向外围。弯弯山路上,很快出现了骡马队,从沁县方向将所需物资运送过来。沁源民兵早已料到对方这一手,于是分区域伏击在中途的沟中、岭上,使日军骡马队不断遭到冷枪袭击。

斋藤大队再次接防沁源之后,很快想到汽车,也很快盯上这条未修通的大道。这条有着现成路基的大道,简直就是给他们准备的。日军明白,若修通这条大道,集中在城关、交口、霍登几个据点的两千多驻剿人员的生活及军需物资,就可以由长治师团部或沁县联队供过来。

两千多民夫被从周边多个县抓来,加速完成这一条大道。

破路去!

敌人一边修,民兵一边破。破着破着,老百姓也加入了;破着破着,沁县也有百姓闻讯来破,最多时竟然达到好几百人。趁着夜色,大家越破越起劲,越破越开心。一段破过,敌人便一星期无法通车。

半个月时间,这条大道被破16段。日军无奈,只得绕小路、河滩走。

一

二沁大道上,飞扬起日军汽车队。这些或运送枪支弹药,或运送粮食的汽车,也成了沁源县围困指挥部、太岳军区主力八路军第38团,以及沁源广大民兵与百姓重点盯防与打击的对象。

圣佛岭中,便日日出现三三两两的身影。这森林茂密的天然伏

抗日模范村官军村

兵屏障,如何才能发挥它最有力的效应?山间蜿蜒铺开来的这条大道,如何可以与人联手,一起给敌人以深深的震撼?

很快,方案出来了。二沁大道由东到西,被分为三段,彼此相隔二十里。第一个伏击区为圣佛岭至交口,由洪赵支队参加围困的一个连,以及59团一部带领二区二、三战区的民兵轮战队负责;交口至南、北石渠为第二伏击区,南、北石渠到城关为第三伏击区,两区由38团三连带领二区一、四战区民兵轮战队负责。

对付飞驰的汽车,普通的射击技术远远达不到要求。于是县围困总指挥、38团参谋长李懋之亲自主持,在二沁大道前线举办了三期特等射手训练班,希望充分发挥麻雀战威力。同时,更派出该团

沁源 1942

特等战斗英雄胡尚礼率领的三连,与著名的民兵杀敌英雄郑士威、李德昌带领的官军村民兵联手,日夜扼守在二沁大道上。

一支勇猛的"拦路虎",悄然出现。

阻拦车队,子弹的威力自然薄弱,因此最有力量的还是破路。县指挥部下达的任务是,尽快破坏从余平到喘口坡之间的一段公路。

正值冬季,天寒地冻,路面既刨不动,也铲不开。不仅没有效率,一位民兵还因用力过猛摔倒在地。爬起来,才发现是一块暗冰所致。

冰!这一跤,倒让身边的郑士威生出主意。

没错,冰!

他沿路观察,最后选中大道上一处坡度较陡的栈道,这里一边是峭壁,一边是悬崖,下面是沁河。他把想法说出来后,大家一拍即合,顾不得天色已黑,迅速下到沁河边,打破冰层,将水一担担挑到坡上,泼洒在长长的斜坡路上。

入夜,寒风怒吼,滴水成冰。只经过短暂的一个多小时,陡曲的栈道就变成一道冰坡。毫无睡意的民兵们兴奋极了,在上面覆盖了薄薄一层沙土,将冰面严严实实掩盖。

第二天上午,预料中的汽车队来了,竟然有12辆,向着冰坡方向开过来。前一次,三辆汽车开进地雷中。这一天,敌人一路谨慎,时进时探索。远远望去,押车的伪军特别警觉,小心地左右环视。

五公里,三公里,一公里,12辆汽车开到冰坡前。民兵们兴奋了,着急了,希望车速能快一点,不停歇地冲上去。然而,对方却停了下来。押车的伪军也下来,四下查看。

冰,在土下沉默着,隐蔽着。

洪赵支队和二区民兵经常在二沁大道上埋设地雷

没有任何破绽。一挥手，12辆车加大油门往上冲。或者，它们想快速通过这个安全地段。然而万没想到的是，车到半坡竟然开始打滑，无法控制地向后退。12辆车一辆挤一辆，滑至坡下。敌人正诧异时，子弹与手榴弹已经飞过来。早已埋伏在此的民兵与游击队从侧面山坡包围过来。部分敌人边打边撤，一路退到距汽车两里路的山岗上。

一部分民兵带着两百多身强力壮的百姓迅速跑向汽车，将面粉、罐头、子弹、枪支，一一搬了回去。

敌人没想到，竟然栽在一个坡上。这一次后，减少了运输频率，壮大了运输队伍，最多时竟有30辆车同行，押车的敌人也增加到一个小队以上。他们的防备也更加细致，每通过山隘、坡路，就停下来一通扫射,并仔细确认路面无碍,才继续前行。

一路提心吊胆,待要接近城关时,方觉过了"危险区",集体松了一口气,开足马力狂奔到目的地。

危险,往往是在最放松的地方。民兵们针对这一情况又生出新主意。离城关五里远的北园村北狼尾河上有一座简易木桥,这是敌人进城关的最后一段路,也是敌人最放松的一段路。一个深夜,河西李家庄民兵们与38团战士联手,悄悄到了桥下,将横梁与立柱锯断一多半。

次日,躲过"危险区"的车辆欢叫着上桥后,瞬间桥断车毁。

77年后,77岁的官军村老人韩文明还记得父母嘴里的郑士威、李德昌,记得"卡脖战"。

还有一处地方,他迫不及待让我知道,那就是冰坡。

冰坡在尚义村南面,离官军村二里地。

正是七月天,村负责人站在茂密的一片玉米地边上往上指:那里就是。

坡上全是荒草,已经看不到路。

官军村老人孩子眼里的冰坡故事,便被这样一双双手指向今天,指向未来。

二

阳春三月,大地解冻。冰融化了,雷继续。

冷枪与地雷联手,一次次打击了敌人。可是,地雷的来源成了大困难。

1943年春天,城关与交口之间的官军村榆皮沟出现了一个人,

是决一旅著名的军械改革能手——工兵排长聂培章。他受命而来，带着一个老乡，赶着一头驮了木箱的骡子。木箱打开，竟是锃亮的铜地雷，因形状像极了火锅，于是大家就叫"火锅子"雷。

埋雷专家一刻不停歇，当晚就带着郑士威、李德昌、郭三魁、范田则、韩相虎、续水成等民兵来到村外河边大道上，在选好的地形上手把手教他们埋地雷。次日，三连连长胡尚礼又带领战士和民兵，从野榆沟口到娘娘庙的圪梁上，一气儿埋出五六里长的距离。

有"戏"了。果然，近中午时分，一队日本步兵绕小路自交口方向来，很快占了官军村后的寨子。

半小时后，东面大道卷起尘土，山头的"树树哨"随之倒了，马达声跟着传来。埋伏在山上的战士与民兵们屏气看下去，一辆，两辆，三辆，整整11辆汽车逶迤而来。车上，是齐刷刷头戴钢盔的日本兵，身着一色黄呢子军装。

越往近，民兵们越兴奋。很快，一声巨响传来，一股黄尘烟柱腾空而起，第一辆汽车已经抛出十几米远，几只轮胎在河滩上翻滚。寨子上放哨的敌人看到汽车出了事，便架起机枪漫无目的朝山头扫射过来。然而这边压着，不声不响。于是后面车上的敌人下来将刚刚炸毁的土坑填好，旗子一挥，指挥车队继续前进。没想到的是，眨眼之间又驶进"雷区"，一声又一声的轰隆声次第响起，两辆汽车先后被炸翻。这时，山上埋伏区一声令下，机枪、手榴弹齐发。猝不及防的敌人狼狈地胡乱反击一阵，很快调头返回。

"火锅子"雷太痛快了，民兵们直呼过瘾，要求县围困指挥部多发些给他们。然而刘开基却告诉他们，仅有的这些地雷、所用炸药，是工兵排的战士跑到几十里外的霍山上，把国民党军队丢下的一些炸弹挖出来解决的。何况，当时缺铜少铁的，想制造也没条件，只能省着在关键的时候用。

失望之际，民兵、游击队只能虚张声势，在一些路段挂出"小心地雷"的牌子，阻止敌人放肆进入。

然而毕竟不是长久之计。

能不能，自己办个造雷工厂？民兵们跃跃欲试，与太岳军区的想法不谋而合。

其实前一年10月，刘少奇到沁源时，便目睹了沁源军民运用地雷战反"扫荡"的动人场面。那时候他便指示太岳军区，可推广地雷战。

在聂培章的带领下，二沁大道上的官军民兵很快发明出石雷，而且还培养出地雷能手。此后军区兴办的石雷训练班里，被誉为"雷王"的官军村民兵郭三魁、韩相虎等进行了现场表演。另外，中峪村的宋曾林，石渠村的肖留成，李成村的张润月等，分别成了一、二、三区地雷战的骨干。再由他们传帮带，造地雷、埋地雷在全县迅速发展起来。

太岳山中，沁河两岸，最不缺的是石头。雷管如何解决？又是郑士威，经过一番刻苦琢磨，将一根铁丝用铁锉锉过，裹在三根火柴中间，用线绳绑好固定在一个用铁片圈成的小管中。用力一拉铁丝，火柴"噌"就着了。他于是把火柴安放在装药的石雷上做引信，带领大家做了试验。

果然，震耳欲聋的一声告诉他，石雷成功了。

叮叮——当当——那个时期，各个山沟里声声接力着锻石声。为了发动宣传，县绿茵剧团还专门编排了一个节目，名字就叫《锻

石雷教材

石雷》：

> 一颗石头蛋，中间钻眼眼，
> 先装四两药，再把塞子安。
> 别看个儿小，本事不简单，
> 轰隆一声响，炸得几丈宽。
> 炸死鬼子人和马，缴获他的轻机关，
> 人人都学会，保卫咱家园。

《太岳区纪事》记："驻沁源日军每三天去沁县领一次给养，每次必遭沁源军民伏击。郑士威、李德昌领导的官军村民兵一年内在二沁大道上埋雷150余次，毙伤日伪军一百余人。河西村民兵英雄任彦两年内杀敌37名，受敌刺伤52处。"

轰隆隆的声音，隔着山川与时空，赤裸裸传过来。

时年92岁的张连贵记得清：那时候百姓人人有分工，找石头，锻石头，搓捻子，造炸药，装配……沁源大地人人造石雷，家家开工厂，老婆老汉捻麻绳，儿童与青年妇女锻石雷，民兵熬硝、碾炸药、卷爆发管。

整个榆皮沟，全民齐动员，迅速变成一座兵工厂。只一个多月时间，全县就造出近万颗石雷。

埋雷，也得巧心思。14岁就成为民兵的官军村少年李德昌就是这样一个人，小小年纪的他，极爱琢磨。1943年春天，地雷战大规模开始后，18岁的他就悄悄琢磨起埋雷术。最初，他埋的是踏雷，后来敌人严密防范，他根据人走路的情形埋下了躺雷，任敌人七绕八绕，也绕不出他的雷区。敌人无奈，便把百姓抓来在前面蹚雷。这变化并未难倒他，很快制造出"踏拉雷"，这种雷前面埋踏板，后边埋地雷，中间挖成空心沟槽，通过细铁丝连接拉火线。前面的人走过，那根神秘的雷线才远远拉下，轰隆爆炸。

之后，不断有滚到沟里的敌人遇到雷，跑到庙里的敌人碰到雷。即便是大白天走在路上，也会从树上撞到雷。

轰隆！轰隆！轰隆！自此，二沁大道敌人的补给线上，大道，小道，河滩，山口，处处是雷，敌人的汽车无法通过，便改大车，没想到一个大车队只运输了两三趟，就被部队与民兵们抢劫一空。单郑士威率领的官军村民兵，有一次就缴获了40辆；另有一次，停在城关据点的70多辆车又被38团与城关民兵统统用雷劫走。

雷声！雷声！惊天动地的雷声，一声接一声。

雷声，成为圣佛岭下最让日军胆战心惊的声音。他们一次次想办法，却一次次踏入雷区。

智慧的潜力是无穷的。沁源大地上，一双双制造地雷的手越发

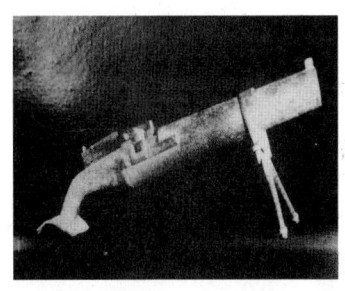

抗战时使用的枪炮与自制的地雷

灵巧。此后,梅花雷、葡萄雷、连环雷、绊炸雷相继发明,地雷越来越多样,埋地雷手法越来越隐蔽,敌人的探雷器也累到精疲力竭。

最终,无奈的敌人只能避开大道,重新启用骡马,钻山林,走小道,抑或艰难地从高粱玉米地穿行。然而突然间,他们会在山林间的树上遇到民兵们悬挂的"空炸雷",或者在玉米地里踩响一串"草雷"。

心惊肉跳。

除了地雷,沁源人还发明出各种土枪、土炮,当时的战地记者周立波曾在文章中这样描述:"那些旧武器:地枪、抬枪、榆木炮和五子炮都像地雷一样发挥着威力。五子炮打起来像小钢炮一样,榆树炮像大炮一样地轰响。抬枪很长,移动的时候要两个人抬。地枪是一个铁筒,有两只脚,放在地上,像轻机关枪一样蹲着。"

1943到1944年两年间,二沁大道上441名敌伪就在神不知鬼不觉中被雷化为灰,近500名敌伪在地雷阵中折肢断腿,负伤逃命。

"进了圣佛岭,生死由天定。"

"踏上二沁路,等于进了棺材铺。"一次次挣扎后,日军终于服输了。最困难时,不得已把几十匹军马都杀吃了。

围困期间,如二沁大道这样的地雷阵,布满沁源山中。民兵们的智慧层出不穷,又创造出各种磁雷,包括瓶瓶雷、罐罐雷、盆雷、碗雷、钵雷、瓮雷等,甚至连小孩子玩的磁娃娃,都是雷,不仅防水、防潮,容易制造还杀伤力大。在这些地雷与武器的助力下,沁源山中新奇战术不断涌现,"铺雷运动""摆死狗阵""芦柴封锁""陷马坑制敌""号炮动员""泥神骂阵""毁井断源""乘机劫敌""牌楼迎敌、草人爆炸""锣鼓喧天、噪声扰敌""狼烟号火、起火联络""清扫街道、神桌祭法"等十多种战法,真真假假,虚虚实实,搞得敌人晕晕乎乎。

张连贵记得,他的母亲当时负责埋圪针,将凡是敌人可以涉水的地方,都用石头垒起障碍,或深挖河槽,埋上酸枣圪针,下面再拴上地雷。后来流传的歇后语"沁河岸上埋圪针——没有鳖爬的路",就是当时嘲弄敌人的话。

与敌人一次次的战斗中,官军村的民兵们也一次次倒下。

"日本人有一次进沟,被地雷伤着了,第二次就不走沟了,走山。"张连贵说:"哨兵不知道呀,3个人硬是被摸了哨。"

后来,沟里与山里都有了哨,白天把地雷捻子切断,晚上再接上。

《陈赓日记》1943年6月1日记:"据说敌人于沁源绝望,可能放弃,现将城关麦子喂牲口,两个月未通汽车,半月内不抽烟,吃杂粮,出来包围村庄,将罐头、面粉及小儿衣服均拉走。石渠修路又被破坏。因怕地雷与袭击之故,100人的队分成10人一组走,不敢走正路,沿山坡及小路走。敌人害怕,最近不敢出来,说八路军大大的有。"

沁源军民制造出最大的雷声,在1945年3月,对固守沁源的敌人发起最后的围攻。刘开基1965年8月26日发表于《人民日报》的文章中写道,"四千多颗石雷、地雷齐发,将敌据点重重封锁。沁源城边山头上高高飘扬起一面面红旗,据点周围和城关到交口镇的大路上布满柴草灰土堆。白天,民兵和群众摇旗、鸣锣、放'烟幕';夜晚燃起一堆堆大火,锣鼓齐鸣,号角连声,杀声震天动地,闹的敌人睡不成觉,吃不成饭,日夜心惊胆战。加上我们的主力部队和民兵到处劫营、夜袭、开展冷枪运动,敌人的衣食、弹药、水源,全部断了来路,陷于绝境。最后,终于不得不在沁县派出一千多援军的接应下撤退。"

多年以后,随着日军战后机密文件解冻,一些侵华日军的"军事极秘"档案也流了出来,其中就有抗战时期驻扎沁源的"独立步兵第23大队",那是来自"昭和十九年(1944)二月"的病历,患者职务有"中士""陆军二等兵"等,而病情,赫然写着"精神分裂病",据说当时送医后,医生的诊断结果是"不预投药!"也即,无药可治吧。而这些士兵当年战斗的地方,"山西省""沁源""沁县"等地名赫然在列。

奔跑的少年

他在努力地奔跑,就像沁源始终没有停下脚步,一路英勇茁壮,直见抗日朝阳!

奔跑的少年

  正笑的老人，当年就是太岳山中的少年。老人庆幸，自己幸运啊，竟然冲破山中磨难坎坷，一路奔跑到92岁高龄。当年那些少年，却在奔跑的路上，陆续倒下。

  "妈妈，我着实受不住了，您慢一点跑可以吗？我真的好疼啊！"他拼力喊，可是隔着一层厚厚的肚皮。妈妈听不到他叫，听不到他哭，依然跑着。终于，他被"跑"了出来。然而他的身体真的还没有做好面对这个世界的准备，未能看清妈妈的脸，便到了另一个未知的世界。

  "妈妈，请您放开我，我呼吸不到空气了！妈妈，妈妈，请放开我!"尽管他拼命呐喊拼命挣扎,可声音和力气还是仅仅回荡在自己弱小的身体里。

敌人的脚步近了,敌人的脚步到了。又终于,敌人的脚步,擦着母亲隐在枯柴下的脚离开了。所有人都松了一口气,母亲也松了一口气。松了口气的母亲,终于想到乖乖没有出声藏在乳房下的小婴儿。可是,小婴儿太小了,母亲硕大的乳房于如一座山,压得小婴儿没了呼吸。

一百多人,集体被烧死在一条沟中一间房子里。多年后回忆,有人说到一些名字,更有人记得一些年纪,十岁,五岁,三岁,十一岁,九岁……

还有一个叫"学孟"的英雄村,不仅牺牲了一个李学孟,"还有其他成人80人,儿童11人"。

两年半围困期间,沁源山中一个个孩子,还没有明白这个世界是怎么回事,就以这样的方式丢了性命。

他们还是孩子,不明白世界为什么突然变成这个样子;或者,压根以为世界本该是这个样子。他们不会问,他们不敢问,他们知道问出来也没有用。或许大人吓唬他们最有效的方式,就是"看,日本人来了"!他们于是机械地跟着大人,向山而奔。在他们的概念里,日子就是奔跑。只是跑着跑着,爹不见了;跑着跑着,娘跟不上了;跑着跑着,家没有了。

这些孩子们,没有能力选择生活,没有权力选择生死。他们不知道,阳光是用来悠闲地晒的;野花是用来看的;冰雪是用来玩的。他们只是不停地跑,为了吃饱,为了活着,他们奔跑。

在那样的岁月中活着,很难。1943年,信义村的栗义忠刚刚一岁。他不知道,那一年叔叔被打死了,哥哥被打死了。

"是娘跑哪里都紧紧抱着我。"78岁再忆,他还是忍不住说,"不然早没命了"。

转移到山中的孩子们,没有资格撒娇,没有条件玩耍,除了跑,他们还寸步不离跟着娘,挖野菜,挑水,抢粮,锻石子。他们一天天长大,上山放哨,过河送信,还拿起枪保卫娘。

小小孩儿,慢慢汇成太岳山中一股股不引人注目却强大的力量。

要抢种了,拼的是一个"抢"字。于是,不管大人小孩,谁都是不可或缺的力量。他们背种子,他们送饭,他们扶耧,他们牵牛。官军村一名12岁小孩,更是独自拖着一架石磙,一天当中将大人播下种的12亩地齐整整压平。

12亩地,12岁少年。那一天中,他必然是从天黑,再到天黑。一双稚嫩的肩往前,一双瘦小的脚蹬后。他只知道,这也是一场争分夺秒的激烈战斗。他甚至不敢抬头望一眼天空,不敢看看太阳是不是过了头顶,他只是用自己最大的力量,以奔跑的速度抢着向前。他知道,多向前一步,庄稼就能多长一点,谷子就能多打几斤,炊烟就能多冒一阵。他饥饿的肚子,也就能多饱一分。

小小孩儿,早早学会区分。他们的眼里,人分两种,好人与坏人。爹娘的话,乡亲的告诫,他们一一记心中。有没有可疑的人进了村,高岗上那棵消息树站得稳不稳,他们时时操着心。

赤石桥的郝凤义,十三四岁就跟着堂二哥一起,干起掩护的事。"吃过黑夜饭,挨个去村里党员家里绕一圈,他们就知道是通知开会呢。开会的时候,屋里就吹灭灯。"92岁再回忆,他笑得舒心,"别人以为我们耍呢"。

沁源 1942

抗战时王陶村儿童团

奔跑在村中玩耍的孩儿，却会时时留意身边传递过来的眼神。只一下，他们就会懂。

赤石桥乡涧崖底村十来岁的韩海林，一路奔跑，逃难到姑姑家，没想到还没喘过气来，就被抓去支差——替日军挖战壕。"自己带上干粮，到了人家给喝口汤。倒是没打过我，但姑姑的儿子被一枪打到腿上。"

不战斗，就会受伤。92岁的张连贵记忆中，轰轰烈烈的石雷战最激动人心。一声一声的雷鸣，炸死一个又一个敌人。前方要雷，后方就须供雷。

叮叮当当的声音，响彻山谷。一村一村，一家一家，一户一户，大人孩子，都战斗在石头中。1942年，14岁的他与一帮或大或小的伙伴们,天天奔跑在搬石头的路上,"石匠锻开后,我们就要搬到指定的地方"。山中,河边,村里,一趟一趟,一块一块,他们不知疲惫,比拼的是谁搬得多,谁跑得快。

奔跑着,奔跑着,孩子便从后方跑到前方。

杜仓孩,与郝凤仪、张连贵同龄。1939年,刚满12岁的他便加入白狐窑村儿童团,肩扛一支红缨枪,站岗,放哨,查路条。他用一双敏锐的小眼睛,捕捉着村中的一举一动。这年夏天,父亲不幸,在一次扫荡时被日军抓走,从此没了音讯。彼时姐姐已嫁,他便与母亲相依为命。

1942年秋,他听从政府安排,带着母亲转移入深山,并积极报名参加了民兵组织。他放哨的岗位,就在小青沟。他的红缨枪,已经变成一支步枪。一遍一遍,他练习刺杀,练习射击。他以为,有了这支枪,就可以保护像爹一样的乡亲,保护娘。

一个15岁的少年,尽职地站在小青沟的高岗上。他一次次发现了敌情,一次次用消息树把信息准确传递给百姓。他的枪法更准了,他的力量更大了。

次年,一个夏秋之交的夜,正在值勤放哨的杜仓孩突然被一阵异常的响动惊醒,定睛,发现有几十个敌人朝村里包围过来。敌人狡猾,骗过了前一站哨位。时间紧迫,他急忙让同伴通知村民快速转移,自己则向敌人的方向举起了枪。

枪响了,战斗公然打响。杜仓孩只想惊醒所有村民,给他们的逃跑争取时间,因此他果断射击。可是,几颗子弹,很快打完了。他毫不犹豫扔出身边的手榴弹。他能清楚地看清,当下便炸死一人。

什么都没有了,跑吧。杜仓孩转身,以少年的敏捷,向山而奔。

沁源 1942

他记不清,这样的奔跑重复了多少年,多少次。这太岳山中的小青沟,他熟悉每一片草丛每一条路。

可是,他奔跑的速度,远远比不过子弹的速度。

16岁的杜仓孩中弹了,倒在奔跑的途中。

那时候,太岳山中的沟上岭下,一批批奔跑的小小身影中,不仅仅是沁源的孩童。

杜仓孩倒下前,或许没有听说过一个长他四岁、名叫朱其善的少年。朱其善是河南濮阳清丰县西柳镇西赵店村人。1937年,他来到山西。那时候,他还不知道战争即将爆发,不知道这太岳山中会有一场灾难来临。他只是怀着美好的梦想,想学一门扎灯笼手艺,以后养家糊口用。没曾想,这灯笼扎着扎着,战争就来了;他眼看着,憨厚的山西人就把家丢了。

他不是山西人,可他对这片土地已经生出感情。哪里的鬼子都是一样打,于是他丢下灯笼,拿起武器。1939年,16岁的他辗转来到沁源,并成为沁源青救会儿童部部长。朱其善一心想杀敌,于是很快,又加入八路军太岳军区蔡爱卿的38团。

河南小子朱其善,成为一名年轻的八路军战士。战士的任务,总是更重;战士的性格,也会更刚强。

1940年7月,朱其善受命潜入敌区开展工作,然而没想到的是,他被汉奸认了出来。

年轻的八路,日军如获至宝,押着他与另外6名干部群众一道去往平遥。

敌人没想到的是,年龄最小的朱其善,竟然最不服押管。他的眼神,他的语言,处处充满反抗充满挑衅。枪已卸下,手被捆绑,倔强的怒骂只能惹来疯狂的打骂。因此一路走,他一路被打,以至于到达平遥日军警务司令部时,朱其善已经满身是血。

正是艳阳高照的夏。他被捆在门口的木柱子上。捆他的那根绳子,已被染红。

暴晒,毒打;毒打,暴晒。

白天打,晚上打;晚上打,白天打。

他饿了,他们打;他困了,他们也打。

整整5天,打人的人都累了,将他与另3名同行者以"抗日犯"的罪名,关入平遥县伪政府看守所。

已经遍体鳞伤。

被要求睡在尿桶旁,他认了;沉重的脚镣戴在脚上,他认了;不让睡,他认了;不给吃,他也认了;臭虫蚊子叮咬,他也认了。

只是对那些给太岳军区与沁源军民做的事,他不认。

继续打,直到奄奄一息。

敌人不明白,还是少年的这个小子,如此硬的骨头,仅仅是穿了一身军服吗?半个多月时间,一无所得。

他被押到平遥普洞村。

枪要响了,朱其善仍要拼出最后一丝力气,怒骂。气急败坏的敌人放出狼狗,将本就体无完肤的他撕咬到没了人形。

朱其善不动了。

枪声响了。

那一天,是1940年7月30日。

那一年,朱其善17岁。他在山中奔跑的脚步,被终止在成年前。

女人花

谁说女子不如男?看,沁源的女人花开满太岳山。

女人花

> 清澈的沁河水，流淌在太岳山中，像一个美丽而柔弱的女人奔跑的身影。那些少年，跑着跑着倒下了，长成大树。倒下的女人呢，开成花。

沁源的大地，不缺少花。

有一种花，叫女人花。

一

1942年冬天，天寒地冻。这是日军进驻沁源的第一个冬天。这个冬天是他们之前没有料想到的冬天。他们本以为，这个冬天会有

沁源 1942

各种收获，住在温暖的窑洞里，吃着可口的饭菜，城中是臣服的百姓。

这个冬天，不是他们想象中的冬天。没有老百姓，不能派粮派款，不能抓差服役，出门无人带路，没有情报来源。困在城中，有耳听不到，有眼看不见。

告急！告急！伊藤少佐除了频频向上峰发去告急电，还一趟趟发起"清剿"。进山，搜山。疯狂的时候一天两次。他们不相信，这些贫困交加的百姓真能在山中度过一个冬天。他们不相信，诱惑之下，会没人屈服。

陆陆续续，有群众被带回据点。他们收起山中丑恶的面目，露出"皇军仁慈"的嘴脸。他们把一家家的亲人分开，他们想让每一个人品尝一墙之隔，却不能牵手的距离。他们知道，没有什么，比对亲情与爱情的渴望更有力。

从哪里，可以轻松找一个突破点？

抓回的城关一对青年夫妻，引起他们注意。这一对小夫妻，每天隔墙感受对方的呼吸。尽管如此，小夫妻却不悲观，不气馁，他们热情善良，他们乐于助人，短短几天就赢得同屋群众的心。

多好的一对，年轻，相爱。他们还有长长的日子要过，长长的路要走。

笑嘻嘻的面孔，分别朝他们而去。不是多难的事，不需出卖谁，不用拿出什么东西，只需点点头：同意接受维持。

条件很奢侈，条件也很现实，从此夫妻团圆，回家好好过日子。

那样的岁月，还有什么，比安稳过日子更有吸引力？

可是，不能认贼作父，不能给沁源人丢脸。若是轻易屈服，他们何苦在寒冷的冬日跑到深山里？那散落在山里的百姓们，何苦要舍弃家园，扶老携幼忍受凄风冷雨？

没有商量，没有余地。

对不起！

年轻的媳妇啊，那么俊美。坚定说出这三个字时，真的不后悔？

再问一句：维持吗？

摇头。

维持吗？

不！一个字，嘴唇咬出血，眼里淌出泪。

如她预料的，她被粗鲁而死死按倒在地。

她骂，她哭，她挣扎。

一件，一件，一双双罪恶的手撕扯掉她里里外外的花衣；一个，一个，罪恶的躯体争先恐后轮番爬上她干干净净的年轻身体。

一朵花，凋谢了。女子从一地污垢里起身，她知道，除了这颗心，一切都不干净了。她知道，家园不在了，她的未来不在了。

爱人就在隔壁。爱人啊，且留着你的生命，看看这些罪恶者究竟能走多远。

一步，一步，她走向村中一眼井。这口给过她清漪漪甘泉的井，这口养育出她美丽身体的井，此刻这眼井，早已不是当初的井；井中的水，注定是不洁净了。

自己，也是不洁净的。

扭身，望一眼曾经的家，望一眼众乡亲，望一眼深爱的人。

她留给这片土地最后的声音，就是身体与井水撞击后的交融。

145

二

　　这个据点关押的人中,还有一位从马森大林区抓回的女人。搜山那天,她一家三口与好多百姓钻在灌木丛中。敌人的脚步由远及近,空气凝固成冰。关键时刻,怀中的小婴儿张开嘴。

　　幸亏她机敏,幸亏她及时递上奶头,用整只乳房堵回孩子的声音。

　　所有人摒了气,整个山中摒了气。好险,一双双皮鞋,从她们藏身之处踏过。

　　嘈杂远了,声音小了,终于归于静寂。身边有了大口呼吸声。彼时,她想起怀中淘气的小婴儿。她想亲一口她的小婴儿,关键时刻乖乖在怀里。然而当她俯下脸,当她移开乳房,却发现她的小婴儿,不知何时已经断了气。

　　她亲亲的小婴儿,在她的乳房下失去呼吸。

　　那是喂养婴儿的乳房啊,那是小婴儿极爱的乳房啊。竟然,她用自己的乳房,杀死自己的孩子。

　　想哭,都没有眼泪。一锹一锹,她挖出一个小小的坑;一锹一锹,她又填满这个小小的坑。

　　放下铁锹,她与丈夫参加了民兵队。从此,她心无旁骛,日日值守在"树树哨"下面。

　　可是,守着守着,就出事了。有一天,一队身着便衣的敌人悄悄靠近,将披着被子值守的她围在中心。

　　她拼命挣脱,奋力推倒身边的"树树哨"。之前,她一次一次,推倒"树树哨",又一次一次,立起"树树哨"。她不知道,此后还能不能再回来，立起下一棵"树树哨"？

被关起来，也竟然是劝她同意维持。哈哈，她在心里一声冷笑：你们这些要了我孩子命的人啊，竟然在我的身上打起主意。

不吃，不喝，也不语。敌人近前，将肮脏的手伸向她的身体，她又踢，又咬，又骂。敌人似乎对她还抱有希望，竟让那些身着和服，脚踩木屐的女人来劝她。这些女人，柔嫩的手，华丽的衣，香喷喷的身体。

她若点头，今后就是这样的日子。

呸！

再华美的日子，能换回我的小婴儿？休想啊！你们休想！

那是一个寒风凛冽，滴水成冰的夜，她被捆起来，任敌人一件件在她身上发泄那些刑具。敌人不相信，一个女人的骨头，能硬到底。她昏死过去，一盆凉水从头上浇下来。

一次又一次，她几乎失了人形。

算了吧，敌人再无计可施。她被头朝下，吊在一棵树上。

那是火啊，温暖的火，恍恍惚惚，从模糊到清晰。终于看清，那是敌人在不远处的房子烤火取暖。这是最后的手段吗？她收回目光，才发现，自己吊在一棵树上。这树，可是她守护过的"树树哨"？

或许，是吧。她就这样清醒一阵糊涂一阵，让寒风带着越走越远，去找她的小婴儿。

三

是的，火，眼看着就燃起来了。

那是一个11月天,一伙日军由平遥、介休方面向郭道镇伏贵村奔袭而来。村民闻讯,紧急转移,其中三十多名老幼妇孺躲入离村十里一个叫岭后的独家山庄。

可是,疯狂的敌人还是一路搜索至此,三十多名手无寸铁的人,赤裸裸暴露。这是一群没有任何信息可取的人,因此敌人并不浪费时间,怀着对逃避的仇恨,挥舞着刺刀将他们全部赶入正面的三间楼房内。

锁门,搬来麻秆,浇汽油,点火……之后,大批敌人狞笑着离去,只留下两人持枪监视。

火,就这么燃起来了。熊熊火光中夹杂着孩子哭、大人喊,以及烟熏激起的强烈咳嗽声,撕破了岭后山庄的宁静。

火光中,有一个16岁的少女杨青便,彼时,她是村妇救会宣传委员。她从慌乱绝望中清醒,觉得不能这样等着被烧死。然而任凭再使劲,反锁的门框丝毫不松动。千钧一发之际,身后的楼梯让她生出主意,一声"跟我来!"之后,她带着众人顺梯爬上楼顶,用力戳开墙顶的土坯,跳了下去。

她13岁的弟弟,以及5名稍年轻些的也紧随其后,先后跳了出来。看押的两名敌人发现了他们,冲了过来,不由分说在杨青便身上刺下三刀。

楼顶还准备跳下的群众怒了,抱起土坯,合力砸向敌人,其中一个应声倒下。而另一名在慌乱中开枪,打中杨青便的弟弟与另一名妇女。

杨青便急了,从血泊里爬起来,奋力扑过去死死抱住敌人的刺刀,并大喊着"快跑——"

一个血人，抱着一把血淋淋的刺刀。那声音里，也透出血的力量。伤痕累累的杨青便，那一刻抱定必死的决心，抱着给弟弟复仇的勇气，除了自己，她不希望那把罪恶的刺刀再伤害任何一个人。

老的，少的，纷纷从火海中挣脱出来，从高高的屋顶上跳了下来，踏着少女杨青便打开的血路，逃出院门。

冷风来了，之前被土坯砸晕的敌人，清醒了。他把全部的愤怒，都算在杨青便身上。一刀，两刀，三刀，四刀。杨青便抱刺刀的手，终于松开来。

血，流啊流，一地，一院。

身中七刀的杨青便，昏死在弟弟身边。

火，慢慢燃尽，房子，慢慢燃尽。

整个村庄，静止了，没有一丝呼吸。

夜，来了。寒冷的风中，散发着各种燃烧物的余味和血腥。逃出去的群众，回到远处的山中，含泪在内心祭奠着16岁的恩人。

一阵阵冷风，在山庄吹来吹去，最终把杨青便吹醒。院子一片死寂，房子的最后一丝烟也已燃尽。她慢慢清醒过来，在钻心的疼痛中慢慢回想发生过的事情。她推推弟弟，然而那个少年的身体已然僵硬。她又爬去那位妇女身边，推推，竟听得一丝呻吟。这寂静的院中，竟然有了声息。她一下子有了力气："大嫂！"

"嗯……"

中了子弹的大嫂，真的还有声音。

"咱爬回去！"

太岳山中11月的夜，两位女子，从一个庄上的院子出发，以爬行的速度，向山而行。

已凝固的血,一路爬行中又开始流淌。暗夜里,杨青便并不知道自己的身体成为什么样子,也不知道自己身体里还有多少血可以流。

平时飞速奔跑过无数次的那条沟,这个夜里如此遥远。爬一阵,停一阵,再听血流一阵。

天明时分,她们终于爬上山顶。

她知道,火海中逃出来那些人,正从熟睡中醒来。

四

严寒的冬天,残酷延续。

永宁沟的山坳里,一个孩子被冻得大哭。大人心疼,便捡来一些干松果点燃取暖。未曾想,这小心升起的一缕烟,硬是入了蹲点敌人的眼。转眼,父亲,儿子,儿媳,孩子,一家四口全部被发现。

这冰冷的天气,终于给了敌人丰厚的收获。

"八路在哪里?"

"干部在哪里?"

"粮食在哪里?"

迫不及待,他们抛出一个又一个最想知道的问题。

沉默,沉默,沉默。

一刀过来,老人倒下。

未等孩子哭出来,第二把刀又举向老人的儿子。他们知道,一把锋利的刀,胜过很多话语。

未曾想,依旧是沉默。

他们怒了,这一家子,竟然不明白杀鸡儆猴的道理。年轻的男人,很快也倒了下去。两汪鲜血,汩汩流在女人和孩子脚边。

孩子的眼泪,被吓了回去。

第三把刀,举向孩子。

他们不相信,哪个母亲不爱孩子。是啊,亲亲的孩子。之前受冻哭了几声,都心疼得要冒险,何况此刻处在一把屠刀下?

然而,女人依旧是怕人的沉默。她的内心,或许为之前一把火自责得要死;或许,她在想如何救下唯一的孩子。

沉默,沉默,沉默。

忽然,早没了耐心的这把刀锋利地下来,劈向孩子。

她的孩子啊——

终于,她不再沉默,用震彻山谷的力气,向敌人撞去。

弱弱的一个女子,哪里会被放在眼里?手起刀落。她身体里最愤怒的一腔热血,哀号着与3位亲人汇集。

五

彼时,23岁的太岳工学团团长吴清华,正带领团员们往来敌占区洪洞、赵城等地搞贸易,她们一趟一趟以物易物,用太岳山的核桃、蘑菇,换回了紧缺的火柴、食盐与布匹,连续打通了4条沁源与外界的贸易线。

这位出身北平的浙江姑娘,17岁入金陵大学,并悄悄参加地下抗日组织,19岁在南京被捕入狱。抗战全面爆发后,一路辗转,由延安到临汾,到晋西北,最终于1939年突围到沁源。

1940年到1942年,随着形势的演变,吴清华由最初的太岳职

吴清华（右）与她的丈夫

业学校校长，到工学团团长，再到合工队队长，一路带领进步女性协助太岳军区及县围困指挥部开展工作，她们学习，她们生产，她们贸易，她们更战斗。过程中，身边的姐妹相继倒下，比如合工队副队长杨启与队员武建。

"拨开武建的乱发，见她的头皮青得可怕，心里不由一阵酸溜溜的，眼泪就像断了线的珠子，滴落在衣襟上、尸体上了。"这是吴清华对战友最后的印象。

可是，仅仅过了半年，1943年10月7日，吴清华在秋日的一天再次与敌人遭遇。

那是明明知道敌人要来的一天，那是把村中所有老弱病残都撤走的一天，那是只有少量工作人员与民兵正搞空室清野扫尾的一天。那一天，阳光明媚；那一天，哨位安好。

午后，定湖合作社院中，一锅汤面刚刚做好，狡猾的敌人却突然冲进村。

最先报信的乡亲倒下了，又有三人倒下了。敌人未看到吴清华，她没选择跑，而是掏枪向鬼子射击。

一个有枪的八路，让敌人欣喜异常。如吴清华所料，敌人扔下村中的民兵与百姓，向她扑来。

她拼命跑啊跑，边跑边反击。可是，子弹很快打光了，她只能跑。村庄，山路，都是她熟悉的，脚步越来越慢。上一年，她刚刚因为翻山越岭劳累过度，让腹中的胎儿早产夭折。

不能死啊，她还有好多事情要做。她继续跑啊跑，眼镜跑丢了；跑啊啊，终于一丝力气也没有了。

敌人，追上来了。

吴清华知道自己跑到绝境，她将无法走完这个秋天。

30多个敌人，于倒在地上的她而言，就是黑压压的一群。她不仅不妥协，还把没有子弹的空枪举向敌人。一瞬间，刺刀扎向她周身。

"生命好似红烈的生动的火花一般。"这是她遇难一年多前在日记里写下的。

25岁的如花的身体，布满17处深度刀痕。

正是一朵红烈的、生动的火花。

六

吴清华牺牲的同一时间，与她同龄的城关姑娘胡彩琳同样把年轻的热血洒向脚下这片土地。与吴清华一样，胡彩琳也是读过书的

沁源 1942

太岳区妇女代表团1949年春到北京参加全国妇联第一次代表大会时的合影

女才子，时任一区妇救会主席。10月上旬的一天，她与妇救会副主席黄英一同外出执行任务，然而不幸，两人在长子县郭庄村遇到敌人。

只是两个女子。起初，敌人并未太多把她们放在眼里，只是抓回她们，试图侮辱她们。然而胡彩琳的表现让敌人惊愕，她不仅奋起反击，与侵犯她的敌人厮打，还咬破对方的手。

小女子太狠，撕扯中，敌人从她身上发现了太岳根据地的钱粮支付令（米票），她抗日干部身份就此暴露。

敌人又兴奋了。抗日女干部,那就说说抗日的事吧。倔强的胡彩琳,怎么肯。于是,一件一件刑具抬出来,寒光凛凛。从未见过这样的器具啊,单看那结构模样,就让人心颤,腿软。而只要说出太岳区党委、沁源围困指挥部的活动地址,她就可免于这些折磨。

她就可以好端端的,像什么事情也没有发生,回到她的驻地。

就一句话的事,对方不断提醒她。是啊,一句话,一条命,如何选?

25岁的年轻姑娘胡彩琳,挺直柔弱的身体,朝那些恐怖的刑具,一件件迎上去。

一次次,昏死过去。她的痛苦让敌人兴奋。她的倔强,激起他们对一个无法征服的弱女子的羞与痛。

她已经没了气,他们还是要叫嚣着,将她的尸体斩为几段。

一汪一汪的血啊,鲜红,如花。

有一种花,叫女人花,成分是鲜红的血。

高岗上,哨树下

生命,在哨树下前赴后继;精神,在高岗上直冲云霄。

高岗上,哨树下

> 沁源的山中,不缺树。行走中,一次次遇到树,尤其是油松,一棵棵,一排排,一丛丛。而曾经,它们是战士,是哨兵,前赴后继,在高岗上,倒下,又起身。

一个一个山岗,高高在上。高高在上的山岗,望得到山梁,看得清河川。高高在上,不是风景,是信号,是卫士。

百姓要生存,要活命,要吃饭,要劳动,不能日日消耗在奔跑的路上。1942年秋季以后,沁源的山山岭岭,都高高筑起一处一处守卫的岗。高处是目标,高处更是守望。高处的人眼观六路,纵横八方。高处踏实,低处才安生。

沁源1942

守护家园，守护乡亲，谁都愿意出来贡献一分力量。乡亲们睁大眼睛，盯着视线内每一条路，每一道坡，每一处土壤。敌情来了，大喊，吹哨子，呐喊着传递敌情。指挥部听到了，敌人也听到了。

他们才知道，这样的放哨失败了。于是，有人想到栽一根木头杆子，但稍远些便看不清。又有人往上面绑一个草把子，还是不行。刘开基便将这个重要任务交给当时负责县围困指挥部公安情报工作的郭树森。

远远地，可以清晰作为哨位目标，又能麻痹敌人。这个物器，难坏了所有人。一天，正在山中行走的郭树森，很远就看到永宁沟南山上，一个小村庄的高处晃动着黑黝黝一棵树，似乎在移动。怎么回事，树会移动？当即打发随行一位叫天锁的情报员前去了解。情报员回来后惊喜万分，那是当地一位叫曹天金的大爷在做消息树试验。他们之前从老远就看到的树，是一棵修剪得只留下树冠的油松。

伞状的油松，依然是树的形象，却能散发出人的语言。

油松啊！"油松之乡"沁源，乌油油布满一片一片高高低低的油松。这千万年生长于这片土地的油松，没想到有一天可以成为哨兵。

从此，一棵一棵的油松改头换面，化身消息树，耸立在沁源的高岗，与守卫的民兵携手相偎，扎根在太岳山中的山巅梁上。

敌人出动，作为消息树的油松便一棵一棵，相继倒下报信。但第一次上岗却以"防卫过当"告终，当第一棵倒下时，东西南北范围内作为第二站的哨位全部瞭望到了，也便全部相继倒下了，各条沟里的百姓，也便随着倒下的消息树，全部跑向山里了。

只往一个方向去的敌人，却惊动了所有的乡亲。于是，民兵们立即改进，将一个哨位的消息树改为两棵，比如中峪据点的敌人出发时,各方面的消息哨只倒一棵,看到敌人往城关方向时,其他方面的消息树重新栽起来,而乌木沟第一站的第二棵树立即倒下,第二站的第一棵树跟着倒下。敌人逼近时,第二站的第二棵树随即倒下,以此类推是第三站。

几经试验,后来又发展为三棵树一个哨位,其中一棵倒下,暗示敌人出发了,百姓们一边准备,一边密切关注;如果第二棵树再倒下,便知道敌人朝这个方向来了,这个时候无论是正居家的,还是抢耕抢收的,都会做好随时出发的准备;关键的第三棵树若再倒下,便是敌人走近了。

若遇第三棵树迟迟不倒,便是敌人中途转移了方向。

三棵松树埋设的方式,一般为中间高两边低。那些年,一棵棵高高在上的伞状哨树,让百姓心焦,也让百姓心安。

坚守高岗,忠诚地为大山中的军民传递信息的一棵棵树,被百姓们亲切称为"树树哨"。沁源两年半围困期间,一树树油松以树的方式死去,以哨兵的形象新生。

一棵一棵油松,成了高岗上一个一个哨兵。

每个哨位,都由5位民兵24小时值守。发现敌情时,一人率先放倒哨树,一人埋雷,一人送情报,另两人引诱敌人转移目标。而为了防止彼此偷懒,只在哨位旁打一眼浅浅的窑洞,仅能侧睡5人,而其中一个必须在树下。

那一刻,一棵一棵哨树在一个一个山头倒下。它们以扑倒的方式告诉下一个哨位,敌人逼近。

一村一村,一庄一庄,被一棵又一棵独具风情的"树"连通。

有了高岗上的哨树,山中再没了日日奔跑的村民。

哨树不倒，山中就可起炊烟，就可去耕田，就可安心打麦。所有的信任，都交付松下一双双一刻也不敢大意的眼睛。

一双双眼睛，炯炯有神。

他们，因为高高在上，时刻处于敌人的射程之中。

"1943年，我哥22岁，与他同岁的五叔同为村里的民兵，也是入党积极分子。7月的一天，他们在信义村消息树下放哨。那天大雾，阴沉沉的。突然发现日本人时，已经离他们几十步了。两人赶紧放倒消息树，又扔出一棵手榴弹。但人家都趴下了，炸弹爆炸后又都起来了。当时两人身边只有两把斧头，对抗不过人家的刺刀和枪。五叔的脑袋被砍成好几瓣，家人找到时已经认不出来了。哥哥是夜里从一个小水渠里找到的，身上刀伤好几处。埋葬两人时，用的是放米面的箱子。"信义村77岁的栗义忠，努力压制着沉郁的心情，讲述着从长辈那里听来的哥哥和叔叔的故事。

官军村92岁的张连贵老人，更是有过亲历。他记得一次在榆皮沟，日本人多次失败后，终于有一次袭击了哨位。当时有三位民兵，都没有看到敌情。

尽管晚了，还是奋力推倒树。枪有没有响呢？张连贵老人没了太深记忆，却记得百姓们随后都看到了。那个哨位，就在高高的山岗上。那是榆皮沟的"难民"们仰望了多少次的信息源，这一天，却"被人家摸了哨了"。

哨丢了，人被俘了。三位民兵，被敌人逼着跪倒在地，面对着山下的百姓。听不清问他们什么，看到的只是他们的沉默，集体沉默，长久沉默。

于是，"衣服从后面掀起来，蒙住脑袋，刀就扎进他们的后背"。

百姓们依然看不到血。但他们知道，年轻而倔强的血液，一股股高高流在山岗上，将刚刚奋力推倒的一棵哨树染红。

  第二天，哨位换了位置，也换了守护者。倒在高岗上的三位民兵，变成三个圆圆的坟。他们的名字，分别是岳马孩、续丑孩、赵宝宝。

  夜间，高岗也要被黑暗遮掩。于是便采用火。三堆火，如同三棵松。夜空中突然燃起的那一团火啊，并非照亮夜的光，那火里没有暖意，是罪恶与凶险的逼近。与"树树哨"不同，火焰传递时，只靠哨位无法完成，他们黑暗中获取的信息，来自敌人据点附近侦察的人。引燃暗夜里的一团火焰，需要几个关键点密切联动。

  手电筒亮了，手榴弹炸了，依靠的都是一双双锐利而敏捷的眼睛。

  "万木传情，火把告急！"沁源军民这些智慧的创举，翻山越岭，由太岳军区传到晋冀鲁豫军区。

  两年半期间，一棵棵无名的松树，成了英雄树。一个个哨位，护佑着百姓的命。

  一个个高岗上的哨位，将敌人死死置于沁源军民监视之下。对方哪怕一个风吹草动，都逃不过高岗上哨兵的眼睛。

  一次次暴露，让敌人恼羞成怒。他们对树树哨、烽火哨恨之入骨，千方百计加以破坏。而对哨所下守护的民兵，更是想方设法要一网打尽。

  圣佛岭下，出了叛徒。一天，此人鬼祟地带着敌人绕进深山，抄了小路，偷偷摸进五凤峪村。

  太岳军区二区三战区指挥部，就驻扎在五凤峪村。那一天，人们习惯朝高岗上的哨位看看，一切正常。指挥部与百姓的活动日常，也便一切正常。

叛徒是熟悉路线的，带领敌人找到盲点。于是一双双罪恶的脚，神不知鬼不觉进来了。

不费周折，村中十三位关键人物被俘。分别是二区三战区指挥部情报员王新卢，以及龙水成、龙秃小、龙小秃、魏振国、王香孩（女）等村干部与民兵。

就地，敌人设了刑场。

十三个人，捆了双手，依次站立。十三张嘴，总有开口的吧？开口吧，开了口，就可免死。再艰难的日子，也是活着好啊。活着，或许就能等来春天。

一个一个想要的信息，带着各种诱惑抛了出来，伴着"皇军的微笑"。可是，像约定好一样，十三个人，集体沉默。

敌人最恐惧的，便是沉默；最不能忍受的，也是沉默。沉默让他们害怕，沉默让他们失去耐心，沉默让他们越来越缺乏成就感。他们或许也愿意少杀几个人，换取一些有价值的信息。可是在沁源这片大山里，常常落空。而这失望，就会很快激出他们暂时伪装在心底的杀气。

终于，敌人不耐烦了。然而一个瞬间，被俘的魏振国一跃而起，将眼前一个日本兵打倒，风一般隐去。

余下的十二位，被看得更紧。这次的刺杀方式，竟是三位日本兵联手，一位提着冷水桶；一位举刀从桶中蘸了水，直刺被俘者胸膛；另一位，则用干草将倒地的尸体苫起来。尸体覆盖在干草下，鲜血却汩汩流出来。龙水成、龙秃小、龙小秃、王香孩……十一位勇敢的沁源英雄先后倒在生养他们的土地上。一汪一汪鲜血,将刽子手的鞋染红。

杀累了,但还留下一个人,是长着一张娃娃脸的王新卢。从叛徒那里,敌人得知王新卢是情报员。一个娃娃的嘴,不会也死死紧闭吧?于是,他们用整整十一个人的生命,让他知道还有机会转身。

十一个倒地的人,是王新卢日夜见面的乡亲,也是他朝夕相处的战友。王新卢不是战士,一瞬间却似乎理解到那些与他同龄的小战士在战场上面对满地尸体的心情。或许有人给他讲过,那一刻,生无可恋,只有满腔仇恨。

可惜,手里没有刀,也没有枪。复仇的方式,或许唯有牺牲。

敌人怒啊,剥光他的衣服。不到二十岁的王新卢,赤裸裸一副稚嫩的身躯。敌人举起钉了铁钉的木板,朝他的身体狠狠击下去。当密密麻麻的铁钉进入肉体,疼啊。可是,他死死咬着牙,不喊一声。于是,敌人一下,一下,从头到脚,打遍他周身。

青春逼人的王新卢,很快没有眉目,变成血人。

尽管已经没了气息。敌人还是不解恨,举起刺刀,狠狠捅入他已经看不清皮肤的身体。

他年轻身体内最后一滴血,慢慢流尽。

两年半围困期间牺牲的123名民兵中,因站岗放哨与侦察送情报被杀害的就达47名。47名沁源民兵,是高岗上的哨兵,或是敌人据点附近的侦察兵。他们在哨位丢了性命,合上一双双锐利的眼睛。

一个一个伟岸的身躯,在高高的山岗上倒下。

又一个一个伟岸的身躯,跨过山,走过川,爬上高高的山岗,挺立成一棵松。

任彦在这里

他呼喊着『打倒日本侵略者』,倒在了看似荒枯但却沸腾的土地。从此,鲜红的生命力随枯木与沁源一起重生。

任彦在这里

看,任彦在这里!这个声音,直到今天还在山中清晰响起。

"任彦在这里!"

"任彦在这里!"

"任彦在这里!"

这是 1942 年 11 月之后,沁源上方山一带常常出现的声音。这声音甩出去,效果不亚于一枚炸弹落在人群中。太岳山中,山高沟深林大,一跑就是几十里。有时候,这声音却会在同一时间,于不

沁源 1942

河西村民兵英雄任彦

同的沟中梁上林间响起。不用说,那是几路民兵同时向敌人发动袭击。而"任彦在这里"便是最好的武器。

这声音一出现,敌人先就怕了,大多是悄悄藏在暗处不敢轻易露面,任民兵占了主动。

一天,当三路民兵同时用此法取得胜利时,又一路民兵悄然出现在另一处,"任彦在这里"的声音却没有响起。敌人憋着一股多次被愚弄的怒气,气势汹汹地杀出来。却没料到,"啪—啪—啪—啪—啪——"一连五声之后,5个敌人相继中弹倒地。

开枪的,恰是任彦。

任彦出生于沁源县河西村,家境较好,中农出身,到学龄便上学。不曾想10岁那年父亲突然病故。失了顶梁柱,家境便每况愈下,15岁不得不从刚刚读了一年的高小退学,从此靠打土坯与零星木工活供养母亲与两个妹妹生活。

任彦不是懒惰之人,也不是满足于在土地间耕作的人。有机会接触到枪,缘于村中发生的一件意外。一个夜里,孔家坡村郭天喜家被土匪抢了。这事让同村家境同样较富裕的任之良警惕起来。土匪横行,家中财物随时都有危险,于是征得村长同意,从县上购回19支枪,并组织起夜间巡逻队。

任彦,成了村中巡逻队员之一。一支普通的枪,似乎让任彦一下子找准方向,他以万分的专注与努力,或许更有一份天赋,很快成为巡逻队员中的佼佼者。

1935年,27岁的任彦接到一项任务,保护从太原辗转回到本村的地下革命者任志远。与任彦搭档完成这一使命的是任瑞华。两人站岗,放哨,送情报,不仅掩护,更协助了任志远顺利开展工作。同年5月,两人便在任志远的介绍下加入中国共产党,一同加入的还有任善征、任耀祖、任仲元、任云芝,几个人成立了沁源县河西村第一地下党支部。这期间,任彦还担任了通往晋东南情报站站长的职务。

尽管没能接受太多教育,但受家庭影响,任彦在同龄人中间可谓"文武双全"。除了越来越熟练的枪法与胆识,他还会唱秧歌,写歌词,画画。1937年抗日战争全面爆发后,他参加了县"牺盟会",接受了抗日人民武装自卫队的训练,次年担任了"牺盟会"的协助员。

抗战的烽火,也在太岳山中熊熊燃烧起来。1941年夏天,沁河正发大水,民兵队部却接到党组织一项特殊任务——护送几位八路军首长过河。在先后推翻了几个方案后,任彦想到在一个大木梯子上捆绑几块木板,制成一条简陋的"船"。之后选中几位水性好的民兵，在他的带领下跃入滔滔沁河水，硬是顺利将这条特别的"船"推向对岸。

1942年秋天，日军占领沁源时，任彦已经成长为一位非常成熟的"战士"。为了打击侵占了家园的日军，任彦专门转移至河西东面的上方山居住，专门对付盘踞在城关与交口等村庄的敌人。这里距红崖栈不远，因此他常常在红崖栈与石渠石佛栈一带活动。

崖高，路窄，坡陡，是这段公路的特点。任彦带领民兵们常常伏击在此，居高临下截击敌人。村中老人讲，任彦在射程内往往是弹无虚发。因此日军对这个名字非常戒备，每每出发到沁县领取给养时，总会无奈地预言，"今天不知谁又要死了"。

死在任彦手里的人，一个接一个。任彦的心里，这一个一个该死去的人，就是给百姓偿命的。两年前的1940年秋，日军第三次进入沁源，要将这片美丽的土地"烧光，杀光，抢光"。很快，县城交通沿线40多个村庄被烧毁，4981名无辜百姓被杀害，财物、牲畜被抢夺。日军经过之处，全部变成残骸、尸骨、鲜血。那街巷中，水井旁，田野边，院子中，到处铺着尸体，他们都是任彦的乡亲，还有他的亲戚。

任彦的心内，仇恨与怒火持续发酵。因此他宁可荒了家里的地，也要参加抗日。为此时常遭到祖父的训骂，责怪他不务正业。当时，他家地里的草常常比庄稼还高，秋天只好从草里找谷穗。也因此，他的妻子不得不带领年幼的孩子们下地操劳。幸得妻子贤惠，地头劳作回来还要热情接待常常聚在家里的抗日干部，因此连县委书记刘开基也忍不住夸赞，任彦有一个好妻子。

任彦的儿子任开新多年后回忆，当年他不仅早早下地劳动，还在沁源围困期间多次参加抢粮行动。刚刚十来岁的他常常在一个个深夜，背着一袋袋玉米翻山越岭。喘，累，饿，渴，走到天昏地暗。真想躺下来不干啊，真想去玩耍，可是一想到一家人没饭吃，想到腹中空空，只好一次次担起成人才有的重任。

1943年腊月，二沁大道上常常出现给沁源被困日军送弹、送粮的队伍，河西村是必经之地。任彦带领民兵们一次次找寻着敌人出行的规律，给以袭击。更有一次配合38团两个连，打了一场漂亮的伏击战。这次战斗中，任彦也以出色的射击技术击毙3名骑洋马的"太君"，声名更加远播。

"咱们在红崖栈扎火线，日本鬼子也扯淡，打得敌人哇哇叫，压得太君拉屎尿"，这首歌谣，就是那次战斗后由当地百姓迅速编成的。

都说艺高人大胆，任彦就是这样的人。他常常深入距敌百多米的草丛中，向敌人打冷枪。

任彦的名字，在敌人中越传越神，悬赏身价达到"五万金币"。

很快，围困战进入决死搏斗阶段。1943年6月的一天，任彦要将一份重要文件从西山夹石沟河西办事处送往东山王家山。然而当他经过河西村东河滩渡过沁河上东山时，却与一伙埋伏在李家庄山头掩护运粮的敌人遭遇。任彦机智，以最快的速度将文件埋入土中，飞身向西撤离。

下山，过河，穿林，耳边除了呼呼的风，还有密集的子弹雨。尽管他只身一人，敌人却一直死死咬着，一路追杀过来。

寡不敌众，再也跑不动。他被捆绑起来，押至山顶。

没人认出他来。他们只觉得眼前这个精干利索的人身上有信息，便想从他身上获取一些共产党、八路军、民兵以及粮食的信息,然而任彦只是三个字:不知道!

逼问无果的敌人恼了,怒了,羞了,刺刀直接砍向他的头。血,哗啦啦就顺脸流下来,流在衣服上,流在土地上。阳光就在头顶,将他的伤口晒得火辣辣痛,又将地上一摊血映出光芒。

敌人还不过瘾,端着碗过来,将口中正嚼的米渣吐在他脸上,同时手脚并用,对他又踢又打。任彦不吭一声,不吐一言。

下午5时,敌人的运粮车队走了,掩护的队伍也相继撤出,集中到河西村。一路上,敌人还捎带抓了不少百姓。受了伤的任彦,就与这些百姓连环捆绑在一起。

当任彦想着他们会被如何处置时,一个熟悉的面孔出现了。他认识任彦,任彦也认识他。而彼时他却是急于立功的汉奸。他躲开任彦射过去的眼神,在敌人耳边窃窃私语一阵。

眼前此人,竟是让人闻之丧胆的任彦?一伙敌人,由不得朝他多看几眼。那飘过的眼神里,有意外,有狡猾,有得意,更有愤恨。他们想不到,悬赏多日的任彦,就这样落入他们刀下。

之后,任彦被单独拉向村中任伦元家前院的废墟上。

那一刻,任彦知道自己难逃此劫了。

敌人没有再问什么,只是一次次端详着眼前这个已是满脸满身血污的人。他们知道,他什么也不会说;他们更知道,他之前为什么什么都不说。他们能做的,就是尽力对他进行污辱。于是,他们强迫他跪下。

任彦自然不肯。终于有人忍不住了,一把刺刀直愣愣过来,刺向他的胸膛。那胸膛上还布满之前头颅上淌下的血,瞬间被新的血

岳北烈士陵园

覆盖。

任彦当时是喊了一声的,他用尽所有气力,大声喊出"打倒日本侵略者——"随即便倒地。然而敌人并未罢手,反而更加凶狠,相继有九刀刺向他身体的不同部位。

一把一把,又凶狠地拔出来,闪现在夕阳下的余晖里,血更红,微微冒着气息。

太岳山中,从此再无任彦了吧?"任彦在这里"的声音,再不会出现了吧?消除了最大的障碍,敌人心满意足离开河西村。

运送的粮食未受到阻击,还成功除了任彦。1943年6月份这一天,日军收获颇丰。

悬赏的告示,可以收回了。

太阳落了,夜深了。夏风徐徐吹进河西村。

任彦,竟然醒了。记忆在疼痛里慢慢复苏。摸摸刀口,血因时间太久已经凝固。

不能死,更不能等。任彦在"要活着"这一念头的强烈驱使下,咬牙爬了起来。一寸,两寸;一米,两米……静寂的夜里,他就这样蜗牛般向着一片庄稼地爬行。

天,蒙蒙亮了。一位早起的大婶,在村边一片玉米地里发现了这个血人。于是迅速叫来几位乡亲,将再一次昏过去的任彦抬回他上午带出文件的河西办事处。

东山上深深埋在土里的那份文件不知道,主人以前胸三处、脊椎骨四处、左胳膊两处、头顶两处共11处伤口,以及几乎丢掉的性命,保得它安全。

经过驻扎在留神裕干炭垴的八路军25团前线医院精心治疗,硬骨头任彦竟然又站起来了。

"敌人刺您时,为什么只喊一声?"任开新记得,这是父亲稍好转时他忍不住问出的一句话。

"傻孩子,如果我一直喊,他们还不一直刺我啊,我还能活下来吗?"

机智的任彦,用侥幸保住的一条命,成为二等残疾。

《解放日报》1944年1月17日《向沁源军民致敬》中有这样一段话:"在围困敌人的战斗中,沁源产生了无数民兵英雄。其中如任燕(彦)自围困以来,他在一年中亲手击毙敌兵37名,自己受敌刺伤52处。据太岳区领导者薄一波同志电告本报说:此人现在仍在养伤……他说:我的伤不久就可痊愈,我还要去杀敌人。"

确实,受伤的任彦并没有躺下来,更没有停下来,康复后便再次投入战斗,之后因爬山太多,劳累过度,导致伤口多次复发感染。

1945年4月,驻剿沁源日军终于弃城逃走。得知消息的第一时间,任彦带着全村少年儿童登上日军筑建炮楼的城关西山顶,高呼:沁源解放了!共产党万岁!毛主席万岁!

"日本鬼子心黑烂,占了沁源两年半,又杀人来又放火,房子烧成塌圪圈,橡子劈的做了饭,瓮子打成破不cán,江山沦陷民遭难,军民临危生死线,抗日军民齐动员,全县展开围困战。"

抗战胜利后,"杀敌英雄"任彦一路伴着这样的忧伤而欢欣的歌谣,继续扎根这片用鲜血换来的土地,出大力,流大汗,直到1979年,因病离开这个世界。

那一年,他71岁。

召则垴的腥风

抗日英雄辈出的地方,在山西沁源;

沁源英雄辈出的地方,在召则垴。

召则垴的腥风

> 听,又有风吹过。然而不是清凉的风。明晃晃的天空下,那风却含着血腥。那是谁的血?一片一片,从一个叫召则垴的高地弥散下来。

这是格外美好的一天。云朵,大的小的密集的零散的,晕染着湛蓝的天空。这一天,太岳山中的天空格外清澈澄明,沁源尤甚。

正午时分,从沁源交口乡官军村出来,向村后山中行进。太阳明晃晃的,不能抬眼。脚下是原生态的草坪,一条黄土小路若隐若现,踩在上面似有曾经谁的脚印。

这是一次带有神秘色彩的山间探寻。

赵正中的侄儿、67岁的赵世英在叔叔被捕处磨则沟讲述

67岁的赵世英快速走在最前面。一行人中，只有他可以准确找到这个地方。他的心境，必定与我们不同。

他来"探亲"。76年后，他再一次来看望叔叔。

他的叔叔叫赵正中。人生中最后一个有炕的夜晚，是这里给他的。遗憾的是，这里不是家，也没有留下属于家的体温。

赵正中祖上几经辗转，最后从河北来到山西沁源。赵正中1919年出生在交口乡作坪村。父亲赵德义是村里的学董，正直淳朴，仗义热情。母亲贤德善良，乐于助人。基因与家风让赵正中从小便一身正气，很早就参加了革命。1942年抗日政府实行减租减息时，他不徇私情，带领民兵从本家两位长辈入手，打响减租斗争第一枪。

1942年夏，赵正中不再担任本村青救会主席、党小组长、武委会指导员等职，调至二区区委会任分委委员，负责交口以北一带村庄的行政领导和民兵武装斗争。交口镇，地处沁平和二沁大道交点，北上可通绵上、平遥，东出圣佛岭直达沁县，顺沁河南下是沁源城关。因其位于此三岔路口，因而取名交口。位置重要，地势险要，镇前面有沁河与白狐窑河环绕，后面是一个突兀而起的高地，叫交口寨，也叫召则垴，离沁源17公里。

　　站在召则垴上，方圆十几里内的村庄、院落、田地、河流、道路都看得清清楚楚。在军事上，这是扼守沁平与二沁两条交通要道的关键位置。这样有利的地形，自然也被日军看中，在抢修二沁大道的同时，在召则垴上修筑起两座碉堡，并在碉堡下建了水牢，四周又挖出几十个窑洞。这些窑洞都通向碉堡，换岗的人不必出来，从地道就可直接出入。当时，一个日军中队和伪军分队在此驻扎。

　　两股力量，暗中展开较量。

　　日军进驻沁源城之后，维持搞得急。遭到大多数群众拒绝后，一方面从外县物色人，一方面在本地拢络一些流氓地痞参与。当汉奸这种没骨气的行径让赵正中很是恼火，他在区委书记王庸主持召开的反维持斗争会上，主动承担起处决汉奸恶棍的任务。之后雷厉风行，迅速将交口地区煽动维持的胡都年、杜中和、赵有刚几人枪决。

　　就是这次处决，给赵正中埋下大祸根。

　　"捉拿赵正中者，悬赏千元！"一张张恶狠狠的告示，布满沁源。

　　赵正中却不屈不挠，一路战上召则垴。1942年到1943年一年时间里，他带领民兵与鬼子斗智斗勇，多次摸入据点杀死26名鬼子

沁源 1942

伪军及 4 名汉奸,并将日军抢到这里的 2300 多头牛羊及大量粮食物资抢出,解救被俘群众 75 名。

赵正中的名字,深深写在召则垴上。他成了重点盯防对象。召则垴这个据点,也被鬼子层层严密包裹起来。沁源人说,当时这里铁丝网密密麻麻围了好几层,就是防备侵袭。

沁源的百姓,自动张开一张防护网,悄悄保护着英雄。然而重赏之下总有勇夫,何况赵正中的铁面无私也早已让一双双眼睛盯了他不放。比如之前被他处决过的汉奸杜中和之兄杜贵和。

1943 年 6 月 7 日,是长江之畔鄂西会战结束的日子。千里之外,沁河边的小山村也在进行着一场惊心动魄的激战。正是夏锄之际,赵正中已经组织群众在田间连续作战多日,晚上就住在官军村后面的磨则沟。极度的劳累让他一躺下便酣然入睡。他想不到,这个晚上,会是他的凶险日。

简陋却温暖的窑洞,这晚却透出一股阴风。

与他同住的,还有民兵赵宝则。鼾声中他们不知道,魔爪正悄悄伸过来。为了赵正中,敌人竟出动了一个中队,严严实实包围了磨则沟的几眼窑洞。

一切都来不及。赵正中,以及与他同宿的好友赵宝则,还有另外三名群众,一起在夜色中被押回召则垴,打入水牢。

多日悬赏无果,而今惊喜出现,连日本人也颇感意外。次日一早,日军中队长亲自将赵正中叫出水牢,除去刑具,摆下宴席。眼前这个人,既勇又谋,如能成为他们的人,力量便能强大好几分。

赵正中不是等闲之人,但高官厚禄面前,他总该动动心吧?

一天天斗争过来,赵正中岂是为了在这样的待遇面前动心的人。

他眼里,一桌美食便是对自己人格的污辱,于是"哗啦"一声踢翻在地。

"要杀,要剐,随便!"扔下这样一句话,再不开口。

果然不可救药!如此不可救药!日军队长羞了,怒了!一个指令,一伙人将他按倒在地。皮鞭抽打后,再灌辣椒水,又用老虎凳。他们恨他的顽,恨他的愚,种种酷刑似乎都不能释放心中之怒。

轮番折磨,赵正中忍了,受了;也叫了,骂了。最后精疲力竭了。

鲜血淋漓,奄奄一息,被扔进水牢。

凉水中浸泡整整三天,那是谁都无法体验的疼。

6月10日上午,召则垴摆开大会场。日军寄予极高希望的这个人,宁愿一死也不向他们靠拢。就这样处决赵正中,他们还觉得不过瘾,又将之前被俘的100多名民兵群众全部拉出来。

还有,赵正中的好友赵宝则。

即便到了最后的时刻,日军还是要让赵正中疼到不能再疼。

彼时,赵正中已经完全没了人形。他已经体验不到疼,群众却看得心疼,眼泪无声掉入土中。

"赵正中是皇军的敌人。"日军中队长怒不可遏,声嘶力竭,"谁敢再作对,这就是下场"。

就这样一路吼叫着,将赵正中吼到土坑前。

赵正中在前,赵宝则在后。只需一句话,一句改变主意的话,他们便可接受疗伤,享受待遇,更主要的是"体面"地活下去。可是,他们把最后的力气用来给予对方鼓励。从磨则沟的土坑到召则垴的土坑,兄弟啊,再一次同行。

一锹一锹的黄土下去,两位英雄活生生成为土下之人。

那一年,赵正中刚刚24岁。家中5岁的孩儿不会知道,从此世上再没了"爸爸"这两个字眼。

赵世英说,新中国成立后家人还去召则垴找过赵正中的遗体,但没有找到。他打开手中的塑料袋,翻开书中一张不太清晰的相片,说那就是叔叔赵正中。

照片上的赵正中,英武,清秀。一股看不见的骨气,就在那英气后面,凛然散发。

乡民无以为报,只能将他出生的作坪村,改为正中村。

今天,通往召则垴已经没了路。一道一道坡爬上,一丛一丛一米多高的杂草拨开,上面拖,下面推,荒芜的天地完完全全掩盖了曾经的血与泪。

两眼残败的窑洞,是日军住过的。零落在地的几块砖,是碉堡拆下的。碉堡,就在一抬头的上面。

如今,只剩了一个基座。当初16米高的碉堡,灰飞烟灭。

出了地边,西南方面是一条沟,草木深深。乡里人说这叫杀人沟,原名后掌沟。当年被拉来的百姓好多就在这里被枪杀。当初沟内还有几孔窑洞,住着伪军班,充当着敌人的保护层。

乡人说,小时候孩子们上来玩耍,会拣到弹壳与小钱,还挖出过几箱手雷。这些痕迹告诉人们,当年日军撤离时,多么仓皇。

一片乌云飘过来,林间哗哗起了风。

召则垴的风中,隐隐透着血腥。

当年,与赵正中一起与日军斗智斗勇的人中,还有一个叫郭维城的人,他比赵正中年长八岁,是交口民兵轮战队队长。一次被日

召则墕日军据点遗址

军抓获,五花大绑后逼迫他带着到当时二区区公所所在的占道沟山上搜寻武器弹药。沟下坎上,郭维城带着敌人一圈圈转过后,自然是无功而返。敌人无比恼怒,将他带上召则墕。与他一起被"裹"上去的还有很多人。

郭维城的邻居王安庆曾听大人们讲过,当年三十多岁的郭维城力气大,胆子大。关着关着,他竟想法破解开了关押的大门,并告诉一起被关的人们,待他出去将哨兵抱住,大家赶紧跑。然而山高路陡,防范森严。老百姓不敢。于是,郭维城一个人跑了出来。并且在顺利渡过附近的河之后,站在对岸朝追逐他的警备队大骂。以至到了今天,知情者中间还流传着他"隔河骂战"的故事。

而信义村武委会主任王丙玉,被"裹"上召则垴后却未能顺利逃脱。王丙玉是在前武委会主任任海荣牺牲后挑起重担的。为了让他同意维持,敌人四次抓他,又四次将他放了出来,王丙玉却始终不为所动。敌人终于没了耐心,向村中发起袭击,并以全村男女老少的性命,再一次逼迫他担任维持会长。

王丙玉提出,放掉全村百姓,他便跟他们上召则垴,商量维持会的事。日军信了,百姓自由了,王丙玉再一次上召则垴了。

好酒,好菜,摆出来了。

王丙玉,坦然吃过了。可是他说,"沁源人不是孬种,宁死不会当汉奸"!

年仅22岁的王丙玉,或许早已知道,这一次再也无法逃脱死亡的命运,不如用最后的力量,给敌人以致命的羞辱。

可是,他只有22岁。

倒下的王丙玉,手中的接力棒被信义村党支部书记姜怀成接了过来。然而他同样难免被抓至召则垴的命运,将他牢牢关在层层铁丝网里。与敌人的一次次斗争中,他多次出入这个地方,他的诸多战友,也一个个牺牲在这个地方。

困在铁丝网中,他却没有失去战斗的信心。有一天,他发现周边出现了难得的安静,便悄悄向一位被抓上山做饭的妇女打听情况。果然,得知敌人大部队外出,据点内只留有少量几个兵。于是抓住难得的机会,不停提出要喝水,要上厕所等要求,让看押的敌人不厌其烦。

夜来了,敌人困了。他趁机挪到铁丝网前,靠着网上锋利的刺勾,磨断捆绑他的绳索,将铁丝网拉开一个口子,逃了出来,拖着一双被石头割伤的脚,一路跑向沁县方向。

今天的召则垴,坡陡,沟深,一路是没膝的草丛。第一次从这里离开时,一条黄色的蛇突然窜出来。惊呼之际,一只山鸡又被惊得扑棱棱飞起。70多年后,这里再度恢复为一个山野林间。栖息在此的生灵们不会知道,曾经尸骨遍地。

1945,春节的黄昏

看不见春节里的张灯结彩,却看得见春节后的光芒万丈。

1945,春节的黄昏

> 一脚,就踏进冬。血雨腥风中的年,也是年,毕竟是年。看,一路战斗一路躲避的英雄李学孟,也在年前回到家中。

寻找李学孟,得先找到三眼窑洞,在学孟村对面南山背后的石凹庄上。

山不高,大约二里多路,须一条土路一路攀上。

这是一个天气极旱的7月,地里的庄稼恹恹的,毫无生机,红薯苗的身架像战乱时期严重营养不良的孩子,让人心疼。只有野草丝毫不受旱情影响,不仅密密麻麻布满路两旁,连中央路段也直直延伸出一条茂密的草道，根根身材颀长、籽粒饱满、水灵透亮。

我们就行走在这野草丛生的小路上。透过两侧浩瀚的庄稼，一些墙上高高低低分布着非常多的窑洞。与当地的样式不太相同，大都顶部呈三角形。村支书说，抗战时期，八路军野战医院曾在这里驻扎过一段时间。部队离开后，成为百姓逃难的窑洞。

随时得看脚下，雨水冲出的沟渠一条一条，交织在坡道上。

突然间，雨点竟毫无征兆地落下来。好在路旁就是一眼避难窑洞，一行人呼啦啦拥进去。

噼里啪啦的雨下过不到十分钟，便小了，成了蒙蒙细雨。有人建议返回，多数人说继续。路不是太滑，何况已走过一半路程。

于是继续。然而仅仅走出一百多米后，雨竟一下子又大起来。

没有人带伞，只能抽身跑回刚刚离开的窑洞。每个人头发、脸上都淌着小水流，厚厚一层泥巴裹在脚底，沉甸甸的。

站在落雨的洞口，看玉米大口呼吸，之前病恹恹的身子忽然就饱满起来。

再爬坡，却是不可能了。

一个月后，再访英雄。

8月中旬的下午五点，依然是三十多度高温。在村委会歇歇，顺便等知情者李顺和下班回来。半小时后，突然听到惊呼：不会是又要下雨了吧？看时，才发现学孟村的上空不知什么时候又笼上一层黑压压的云。

这一次，我们确实也都备了伞。英雄的住地，莫非需要三顾不成？

好在，不久后乌云慢慢散尽。

60岁的李顺和第二次与我们同行。这一次才知道，上次避雨的窑洞，竟是他们家当年避难住过的窑洞。当年，他的母亲站在窑洞口，目睹了李学孟从石凹庄被抓下来的全过程，还成功搭救了随行的李学孟妻子。

　　当初避雨，内心对它已有感谢。但不知，竟是一眼英雄洞。

　　第二次再上时，才知上一次走了一半的路竟算是好路。起码，是路。这次上了山顶，要水平线通往李学孟的窑洞时，才发现根本没有路。时间过了一个月，玉米已经超过两米高。跟着走一段杂草齐腰的土路，再从几片玉米地里穿过。

　　一片玉米地边，李顺和停下来向西一指，窑洞在那边。然后又将胳膊90度拐回南面：看到那个疙瘩顶了吗？当时日本机枪手在那里，被学孟一枪就射倒，骨碌到下面。

　　这么远，不止一百多米吧？李顺和点点头，对啊，要不日本人这么重视他？要不他一人面对一队人马能坚持一天一夜？

　　晚霞散落在天空。三眼石窑静立杂草中，每一孔都很完整，只是和路上那些避难窑洞一样，成了无门无窗空空的洞。周围没有任何院落。当初，或许别的院落都是土窑洞，坍塌得没了影踪。

　　杂草丛生，一些随意生长起来的小槐也有了模样。一个硕大的碾盘散在院中，隐约散发着曾经的烟火痕。李顺和说以前旁边还有一盘磨，找来找去没了踪影。

　　1911年出生的李学孟是山东人，随父母逃荒到13岁时，被国民党孙殿英部抓了"壮丁"。后因无法忍受打骂跑出来，不幸又遇阎锡山队伍，被关起来。狱中，他结识了从河北逃荒来的同道人陈随柱。3年后出狱，两人一起流浪到沁源阳泉村，在这个无人居住的三眼石窑中安了家。

家徒四壁,一腔热血。1937年日军入侵后,26岁的李学孟报名参加了薄一波的决死一纵队。从此他才发现,找到了根。身体里的全部能量,似乎都可以通过一支枪释放出去。很快,他由一名普通机枪手成长为班长。那时候,他常常跟着部队在白晋、正太、同蒲沿线打击敌人,每次都会主动请求担任突击队任务。他的"百步穿杨"技术,也得到上下认可。

日军侵占沁源后,上级特别把他派回村里,担任民兵队长。之后又担任了阎寨、南石、北石、有义等村组成的战区民兵轮战队队长,主要任务是以阳泉村为中心,围困城关以南的阎寨及霍登等敌据点。

有了身手不凡且熟悉地形队长的带领,阳泉村民兵如鱼得水,屡屡立下奇功。他们以专业加村野的方式,搅动着敌人的节奏与行动,敌人吃水的井里,被他们投入牛粪、大粪、头发等;抢去的牛羊,一转身就被他们机智夺回;行进中的运输队,一次次遭到伏击;岗哨,被摸。

仅1943年一年,李学孟带领民兵队通过布迷魂阵、伏击等多种手段,给了日军几次沉痛的教训。

李学孟的名字,也深深刻进敌人心中。

但李学孟极其谨慎,安全迎来1945年春节。城关据点的敌人由于屡遭伏击,几个月都不敢到这一带行动。当地百姓很高兴,准备安然过个年。然而由于敌人封锁,老百姓很久吃不到盐。农历腊月二十九这天,阳泉村突然来了卖盐人,肩挑八股绳担子,头扎白毛巾,身着灰布棉袍。他进村不是大声吆喝,而是一家一家挨户进。

李学孟居住过的窑洞,也是最后与日军的"战场"

那个时候,一斗玉米只能换三斤盐,但百姓还是无奈要购买。

买着买着,就在一户院中起了争执。

正巧,李学孟从邻近的王勇村赶集回来,挤进人堆里一看,卖盐人竟是董花魁。有人说,他缺斤短两,但董花魁拒不认账。

董花魁是河南人,逃难来到阳泉村。前一段刚刚失踪。

"老董,那次鬼子包围村里后,怎就不见你了?"李学孟有意味的一问,让董花魁猝不及防。愣神之后脸上堆出笑容,说他这样的外地人无房无地,只能走哪算哪。末了还假意劝李学孟,快过年了,不要太辛苦,好好在家住几天。

李学孟问过盐价,说也称一斤。董花魁不要钱。李学孟接过秤一看,竟多出四两,付了钱,又把多出来的倒回去。同时喊过院中的杨春贵,将他手里刚称好的一斤盐放进秤里,却是十二两八钱

(旧秤一斤为十六两)。

差下三两二钱。周围的人立即怒了。董花魁想溜走时,李学孟已经把他的秤一下掰成两截。

掰断了秤,也掰碎了董花魁的心,撕破了董花魁的脸。

"别把路儿走得太窄了!"他撂下这句话,走了。

李学孟就以这样的性情,把路走进一条死胡同。他不是没有留意董花魁,那天还专门叫来村党支部书记李文奎与武委会主任李火炎,让他们提高警惕,同时在村西疙瘩上布置了值勤的岗哨,才放心回到南山后的石凹庄。

老战友周二良听到李学孟回来的消息,于除夕夜带着小女儿玉兰上门。老友相见,举杯畅饮,彻夜长谈,之后又同炕而眠。

腊月的大山里,冷得刺骨。村西疙瘩岗哨上,值勤的是民兵刘金贵与杨春贵。百姓安然入梦,外面只有冷风,呼啦啦的,游走在身体的每一处缝隙中。看四周无任何动静,实在冻到挺不住的刘金贵回到屋内,想稍暖暖身子。

外面的杨春贵,突然就被一双手卡住脖子。

像他们平素摸敌人哨位一样,这次是他们的哨被摸了。

日军一个中队长,带着两个小队与一个特务队,快速分三路,从村口、北面村后,以及南面村前包围了村子。

带路的,正是董花魁。

李学孟、周二良很快被枪声惊醒。李学孟知道不妙,让周二良领着女儿,还有自己的妻子,以及隔壁陈随柱的父母快跑。但一伙人刚出门就被已经摸进院的敌人堵回来。

李学孟眼疾手快,先用木板将门顶好,将机枪架在窗口。

他要展开一个人的战斗了。

特务队班长、汉奸郭高升押着村民李庭奎进入院中,向李学孟喊话。李学孟举枪,郭高升应声倒下。

还没开始就死了人。日军中队长站在屋顶,将十几个特务队员吼下院中。李学孟一眼又认出领头的是另一个班长任效功,外号任麻则。举枪,再射。一颗子弹又稳稳穿过任麻则心脏。

剩下的敌人哇哇哇跑上窑顶,不顶轻举妄动。

不觉间,天已亮。

太阳升起。雪山,崖畔,树木,山岗,以新的面目出现在大年初一的光影里。两具尸体,硬挺挺直愣愣横在院子里。

一条枪,几十发子弹。李学孟守着这全部家当,静守在窑内。

他不会想到,以这样的方式迎来年。他其实早已忘记,年来了。

机枪、小炮,突然间又猛烈扫射过来。停止后,窑顶上传来一个熟悉的声音,让李学孟缴枪。

又是董花魁。李学孟一边骂,一边举枪射上去。

敌人只好强迫抓来的群众,将谷草点燃,往李学孟所在的窑洞口扔。老百姓心照不宣,都故意扔向离窑洞口远些的地方。敌人边骂,边用刀逼着再扔,不断扔。

李学孟所在的东窑还是被引燃了。他急中生智,借助这烟雾,迅速出屋跨入中间窑洞。

一切神不知鬼不觉。东窑长久没了动静,敌人又逼迫李文奎、李文惠二人下院,告诉他们如果李学孟没被烧死,再把手榴弹扔进屋中。当两人发现李学孟已经转移到中间窑洞时,便把几枚手榴弹原封给他扔进去。

沁源 1942

通往李学孟旧居的路上，有许多当年百姓避难的窑洞，其中一眼，还搭救过李学孟的妻子。

这就是他了解的百姓。没听到爆炸，敌人便亲自往东窑扔手榴弹，几声巨响，烟雾阵阵，李学孟又借势冲进西窑。

硬的不行，敌人决定来软的，从人群中拉出周二良，让他下去劝李学孟归顺，副队长的位置给他准备着。

周二良下得院中，看到独自苦撑的李学孟时，眼泪唰就落下来。他简单把外面的情况告诉学孟，又迅速搬过旁边的石头垒起掩体，准备与好哥们一起战斗。

敌人才知上了周二良的当。环顾四周，喊过机枪手。院子东南方向过去一百多米外，一处疙瘩顶可做掩体。李学孟看得真切。待那边机枪架稳后,举枪,瞄准,打落。

带队的日军中队长简直气疯了,挥着洋刀逼迫敌兵一齐下到院中,但又被李学孟甩出的几颗手榴弹炸回去。

无计可施,敌人采用了最笨的办法,那就是强迫群众用镢头从窑顶开始刨。他们想刨塌窑洞,压死,或活捉李学孟。然而数九寒天冻土难刨,加上群众故意磨磨蹭蹭,还是不成。

只能从百姓身上下手了。敌人先逼李文奎、李文惠、胡庚寅、董富生等六人下去,缴李学孟的枪,如不成功就血洗阳泉村。

时间,是十分钟。

李学孟肯定不会连累无辜百姓。如果不出意外,这招一定最管用。

然而在这生死抉择的紧要关头,南山背后却响起枪声。随后,十几名日本兵随着西斜的夕阳爬上石凹庄。为首的一个,短粗胖。日军中队长立时笑了,他从二十里外城关据点搬来的救兵到了。短粗胖是敌人机枪队中的特等射手,不到万不得已不会出手。

李学孟枪里,只剩下最后一发子弹。周二良提着两枚手榴弹。

两人商讨如何战斗时,一通机枪已经迫不及待射过来。

短粗胖无法理解,一个民兵队长,犯得上这样兴师动众?

他不知道,这是两个优秀机枪手的较量,更是邪与正的较量。李学孟找准位置,稳好身体,打出本次战斗中最后一发子弹。

短粗胖做梦也不会想到,他会死在一个远到看不清样貌的民兵队长手里。

日军中队长定是长久的沉默无语。两个伪军班长,两名机枪手就这样丢了命。再想不出办法,就无法交差了。

又是董花魁献计，从人群中拉出一位年逾六旬的老人——陈随柱的父亲，李学孟的干爹。

岂能降！怎可降！虽不是亲生，耿直的老汉深知学孟品性，一口吐在敌人脸上，扭身，从容等待敌人背后的仇恨。

一刀，砍向一个老人。山崩地裂，鲜血喷洒。

李学孟在窑内听得一清二楚。当敌人回身扑向干娘时，院子里有了动静。

夕阳余晖中，出现一个疲惫不堪，却极其凛然的人。

全院震惊。李学孟站定，让敌人放过老百姓，放过阳泉村。

李学孟被牢牢捆住。为解四条命的恨，一根铁丝穿过他的锁骨，更逼他抬起死在他枪下的机枪手，下山。

同样耗尽气力的日军，在李学孟一步一步疼痛中一点一滴消解着愤恨。

这是1945年，春节的黄昏。

李顺和的母亲就站在路旁的避难窑洞前，远远望到冷风中这队人马下来。她缩身回屋，掀起门帘一角悄悄观看，一眼瞅到身后人群中李学孟的妻子，便悄悄招手，将她藏入屋中。

敌人是大功告成的欢喜，心思全在李学孟身上，因此并未在意中途"丢"掉一个关键的人。

到了城关据点，李学孟才发现饥渴难忍。近一个夜晚又一个白天的战斗，他早已身心疲惫到极致。面前只有一个洗脸盆，他将头伸进去，猛烈喝了一阵，也算是让春节里的胃畅快淋漓了一顿。

大年初二。不死心的日军除去李学孟身上的束缚，摆下酒宴。

饥肠辘辘，浑身无力，却拼尽最后一丝力气踢翻饭桌。

暴风雨狂吼着呼啸而来,炭火,烧红的铁棍,烤,烙,鞭,割双耳……

  "腰剁三截啊!"李顺和至今讲来还心惊胆寒:"这还不够,又喂了日本人的狗。"

  1945年的大年初三,李学孟在阳泉村消失得干干净净。

  只留下一个学孟村。

别样雷声

响雷了!响得震耳欲聋!《解放日报》之《向沁源军民致敬》字字句句声震八方!

别样雷声

> 一路走过，声音震耳欲聋，无非是枪声，无非是炮声，无非是哭声，无非是喊声、杀声。听，也是一个与春节有关的日子，却终于响起振奋的声音。

1944年1月17日，距春节还有8天。

年，能在避难山中的人们心里激起什么样的波澜呢？家家户户或许正盘算着，年要来了，总该吃得好一点吧？总该热乎乎地熬一锅纯小米稀饭吧？总该把深藏在瓮底的二斤白面拿出来，再把那半坛野菜取出来，包一顿饺子吧？

却没想到这一天，突然响起一声惊雷，一个振奋人心的声音，越过江跨过河翻过太岳山，传来了："抗战以来的长时间中，敌后军民以自己的血肉头颅，写出了可歌可泣的英勇史诗，在这无数的史诗中间，晋东南太岳区沁源八万军民的对敌斗争，也放出万丈光芒的异彩。"

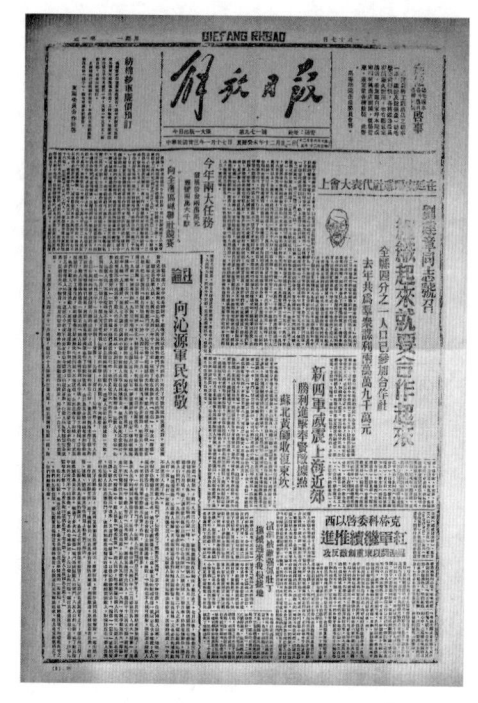

没有听错，说的就是太岳区，说的就是沁源的八万军民，听，"八万人口的沁源，成了日军坚甲利兵攻不下的堡垒，成了太岳区的金城汤池……模范的沁源，坚强不屈的沁源，是太岳抗日民主根据地的一面旗帜，是敌后抗战中的模范典型之一。我们向沁源军民致敬，祝沁源军民保持这光荣的地位。沁源军民要更加团结起来，在共产党的领导下，你们将无坚不摧。"

这是中共中央机关报——延安《解放日报》当日发表的一篇社论，题目是《向沁源军民致敬》。报纸刊发的同时，还面向全国广而告之。

全国的沟沟坎坎中，一下子铺满来自沁源的声音。

隐蔽在大山深处的人们沸腾了，这是最好的春节礼物啊！人人激情澎湃，斗志昂扬。他们坚持将日军赶出沁源的决心，越发坚定。

一

占据沁源一年半了,然而敌人的信心,却被瓦解得七零八落。他们日思夜想,要建立维持会,然而被抓回去的百姓要么选择逃跑,要么宁肯被杀。就是给他们做工的苦力,也跑得越来越少。尽管敌人的屠刀一遍遍举起,尽管沁源已经血流遍地,沁源人民依然高高挺着脊梁,不屈服。

敌人的眼光,只能越过沁源,瞄向远处。春耕时节的一天,他们又从伪上党道所属各县,以及河南、河北等敌占区抓来一批难民,趁换防之机带进沁源。对这些不熟悉沁源又吓得惊恐不安的百姓,他们又使出最初的方式,再一次露出"皇军的笑脸",发给他们抢来的衣物与用品,分给他们空置的房屋,并将县城边的土地分给他们耕种。

百姓惊愕了,杀人如麻的日军,如此好心?

他们提着一颗心,小心翼翼生活,小心翼翼出行,小心翼翼耕种。一时间,城内有了孩子哭声,院中有了鸡鸣声,房顶上有了炊烟的身影。一个"其乐融融"的乡村生活场景,貌似构建起来了。

日军的脸上,露出笑容了。

夜里,疲惫的百姓睡了。

突然,一阵震耳的声音传来:老乡们,鬼子的诡计不能信啊!

竖起耳朵,再听:你们一定要想法跑出来!沁源政府会把你们安全送回家的!

家,这个字眼刺到他们的心了。他们,就是莫名被从家里,从地里抓出来的,以为会要命,没想到竟当了"贵宾"。他们只见过敌人的屠刀,却无法承受这样的待遇。他们内心忐忑,不安。他们知道,这是"黄鼠狼给鸡拜年"。

暗夜里响起的声音,让他们更加深信。这是个是非之地,他们越发不安。于是之后,他们悄悄地,秘密地,三三两两开始商量对策。于是陆陆续续,他们趁着外出干活的机会,一家,两家结队,从据点跑了出来。他们跑离县城,跑向那聚集着沁源百姓的深山。

他们短暂住过的房屋主人,都在山中。他们没想到,这偏僻而清苦的山中,日子却温馨。于是,有些本就无家可归的,表示想留下来。有些想回家的,由县围困指挥部发给路费,并派人远远护送一程。

不到一个月时间,城里的外来户们就这样全跑出来。

更让日军惶惶然的事,是他们一觉醒来,看到城内七街九巷张贴满的宣传海报,甚至连碉堡上也不放过,其中包括由日本士兵反战同盟太岳支部书写的《冈野进告日本同胞书》等宣传品。

日军疯狂地撕,但一转眼又是满城。

困守在城内的日军,常常盯着上面的字看。这些一批批从国内征集过来的娃娃兵,在这无人供给的城内,无衣无粮,再加上许多哨兵在哨位频频中枪倒下,厌战情绪便越来越浓。而到深夜,他们会突然被一阵声音惊醒,细听,竟是来自家乡的声音:

"士兵当炮灰,军官得勋章。"

"对女人亲热的军官,对士兵却是魔鬼。"

"迎接骨灰盒的母亲,只有掉眼泪。"

"战争延长,生命缩短。"

……

1943年8月,"日本人反战同盟太岳支部"在沁水郭庄村举行成立一周年纪念大会。图为太岳军区队员陈赓(站者右四)及政治部各代表参加祝贺时合影。坐者左一为反战同盟太岳支部长渡边三郎。

这是谁啊,声声乡音,停顿一阵又响起:

> 冰冷的夜晚,
> 倒霉的战争,
> 回国去吧!
> 别再打仗了,
> 回到妻子儿女身边去!

这些戳心的话，这些苦劝的声音，一句句如针一般，扎在本就不想在异国作战的士兵心上。那颗思念家乡，思念亲人的心，瞬间被点燃。明年樱花盛开时，可否到家？他们借着暗夜，悄悄掏出亲人的照片。

他们不知道，这是太岳一分区敌工科专门找来的日本士兵反战同盟太岳支部渡边三郎。他常常在太岳军区驻守部队掩护下，趁夜进入城西的高地，用日语向家乡的士兵喊话，末了，还不忘加一句，"战友们，我们在八路军这里过着轻松愉快的生活！"

民兵们发现，每次夜里喊话时，据点里总是静悄悄的，日本兵并不像早前那样要出来回击。他们于是知道，一片死寂的背后，有多少人竖起耳边在听，在思索，在流泪？还有多少士兵，悄悄想着"我要回家，我想回家"？

二

每每喊话过后的次日，民兵们竟发现，伪军们的情绪也分外糟糕。瓦解日军，他们是很重要的一部分。于是民兵们趁热打铁，又对伪军们展开攻心："少做点坏事吧，别忘了你们是中国人。"

"日本鬼子快完蛋了，想想自己的后路吧。"

1943年春天的时候，太岳军区与县围困指挥部就多次联手，连连打击镇压了一些特务汉奸，包括隐在城关据点内的大烟鬼王会有、石柱生，二沁大道沿线的王元则、王艮小、郭四则、杜中和，以及交口特务队的王玉锁等人。其中，交口队的王小三等三名特务因在内线人员的感召下跑出来反正，副队长王玉锁被怀疑，该特务队从此不用本地人。

后路，当然是这些特务汉奸最担心的。当初死心塌地跟着日军混，本指望有一天飞黄腾达，指望有一天出人头地。然而几年的拉锯下来，他们的势力越来越处于下风。他们不敢想，若是将来日本人败了，他们何去何从？

没有人不喜欢回家，安稳度日啊。

然而他们不知道，政府，能不能接纳他们？乡亲，能不能饶过他们？

转眼到了秋，刚刚在沁源县群英大会上受到表彰的龙泉村民兵杀敌英雄武廷珍，结束会议后，开开心心想再干一把，便与民兵武来富、武三小一起进了交口据点，准备往南园子里的苹果树上拴一些手榴弹。没想到，碰到一批伪军。情急之下，几人迅速把手榴弹藏起来，镇定地摘了苹果吃。

伪军只以为是3个偷苹果吃的青年，把他们抓了回去，指挥他们干苦力。经过几天接触与观察，细心的民兵发现，负责监工的特务队员郝保柱说着一口高平话，得知他是从高平米山被抓来的。从他的态度与神情上，发现他并非很愿意为日军服务。看在眼里的武廷珍便主动与他接近，一有机会便悄悄给他讲目前形势，给他灌输抗日道理，并将沁源军民抗击日军的事迹一一讲给他听。郝保柱越听越激动，表示愿意加入他们的阵营中。不仅如此，他还主动把身边另外5个人也争取过来。

几个人精心策划，趁一次干活的机会，一起瞅机会跑出交口，跑进沁源的山中。

三支步枪奖励三位民兵英雄。郝保柱等六人，从此也将枪口反转，对准日军。

依旧对日军依赖的汉奸,他们也积极争取,原则就是"放下屠刀,立地成佛"。民兵们知道,交口据点特务队里有两个著名的汉奸,一个叫席怀德,一个叫张魁龙。两人不仅经常带着日军进山抢粮、抓人,对作坪及尚义村的干部群众更是一次次侵害。

又一个暗夜,来了。杀敌英雄郑士威领到这个任务后,带着官军民兵郭三奎、韩相虎几位,悄悄从交口寨子背后的梯田摸向两人所在的据点。

次日一早天放亮时,执勤的哨兵发现铁丝网下一张大白麻纸挑在高粱秆上,在风中摆来摆去,走近,发现地上是四块石子压着的一封信。

"席怀德,你的信!"

刚刚起身的席怀德听到信,愣了:信?哪来的信?

他疑惑着出门,发现确实是一封写给他的信。打开,是几行简短的字:"你们是中国人,不能当汉奸,以前帮鬼子干了许多坏事,我们都一笔一笔给你们记在'账'上了。从今以后,你们回头是岸,如继续作恶,后果自负……"

席怀德一下惊住了,不由得四下张望。而看到信的伪军们,也个个心虚起来。他们不知道,这严严实实的铁丝网中,如何跑出来一封信。

他们更不知道,郑士威他们在夜里放好信离开时,还顺手牵走一头骡子。

一封信上的声音,如一声惊雷。一封信,在席怀德手里翻来覆去。

面对望着他的一群伪军,他依然逞强地嘟囔一声:"老子啥都不怕!"

可是几天后,席怀德便带着家属和武器,投诚反正了。

那也是一个夜,与郑士威给他送信一样的一个夜。

战地黄花,铿锵『绿茵』

军民团结必胜!无论是坑道内还是舞台上,抗日之花次第开放!

战地黄花,铿锵"绿茵"

走过坎跨过岭,一路鲜血一路沉闷。这英雄辈出的山中,总该,有一些轻盈吧?说着,就来了。侧耳,你听,传来歌声。

"哥哥开言道,哎哟妹子你细听。咱家里的两灶火,管够哥哥供。

妹妹开言道,哎哟哥哥你细听。咱明天呀捡蓝炭,咱们两人来相跟。

哥哥头前走,哎哟小妹妹我后边跟。咱们两人手拉手,来在大庙东。

咱要多把蓝炭捡，叫咱好过冬。"

沉寂，沉闷，浓郁的大山里，忽然起了歌声。只是这平素婉婉转转、缠缠绵绵的歌声，透出无限酸楚。

哥哥妹妹，可否安然，牵手再去拣蓝炭？家中的两灶火，是谁在用蓝炭点燃？

一把二胡，两个人，一曲歌。眼前这衣衫褴褛的老乡，定是从另外的山头翻越而来的吧。不知道他们走了多远，唱了多久。他们也不在乎，天黑前是不是能够赶回山中那个寒冷的窝。

唱的人凄凉，听的人悲切，然而互相懂得。叹口气转身，锅里盛一碗汤、掰一块干粮递出来。

边走边唱边落泪，只为一天的肚中可以填一点东西。

"一天只吃两顿饭，晌午饭吃到二更天，屋里漆黑看不见，油柴灯火冒黑烟。

"圪挤吃到三更天，一天的情况谈一谈，愁罢钻山愁米面，一日的生活又原照原。

"在山上饿了一整天，肚子饿得活奄奄，山沟里再把婆姨儿唤，忍饥受饿还得做饭。

"这沟里寻回锅和碗，那沟里寻回米和面，拿上锅锅去抬水，抬回水来才把火点。

"四更天来吃早饭，日头不出来就爬山，上了山头无事干，四面观望鬼子汉奸。

"薄粥稀稀水面浮，鼻风吹起浪波秋，看来好似西湖景，只少渔翁下钓钩。"

一声一声，人们把苦难变成歌声。是倾诉，也是发泄；是枯燥，也是调剂。

全民大转移时，一些人的行李中就带着那把舍不下的破琴，那把老二胡。山中闷，心里苦，闲来时，一把二胡放腿上，吱吱呀呀就开了腔。

"躲得近来不毖算，躲得远了太困难，大庄小庄通住满，牛圈草房也不闲。眼看要长期打算，石额崖底打料盘（安家之意）。"

一曲调，两行泪。

凄凉的曲调，从一座座山梁翻上去，跌下来，弥漫了整个山谷。

说话间，在深山的第一个春节就要到了。再苦，再难，也要过个年啊。说不定，一个年之后，下一个年景就会好了呢？日本人，就会被打跑了呢？

看到这些走沟串岭唱着曲儿讨生存的人，县围困指挥部突然觉得，何不把这部分人也重新组织起来，发挥其文艺的力量呢？百姓避难山中，不等于不需要文化生活，如果能针对性创作一些优秀的文艺作品出来，那些战斗的、放哨的、劳动的、贸易的、从医的，都会得到放松与鼓劲啊。

1942年12月23日，沁源人避难山中两个月后的这一天，原城关一群文艺青年李天祥、李铁峰、胡玉亭、徐振华、李金水、张计安、陈拴、胡常则、范三儿等人再度集结，加上新成员史粉桃、郭月娥等几位能歌善演的女青年，一个新的剧团就在乌木沟圪桃庄成立了。

绿茵剧团配合抗战自编剧目演出

山沟里成立的剧团,成为正式剧团。县围困指挥部第一时间派出老党员、城乌镇农救会主席宋宝富兼任团长,镇总支书记任芸芝兼任指导员。很快又将县青救会干部郭凯派为专职指导员。

绿茵剧团,是时任城关镇镇长胡奋之,给剧团命名的这一诗意而文艺的名字。他希望其像"禾苗"一样在农民群众的"沃土"中茁壮成长,开花结果。胡奋之是上海陆军大学毕业的才子,1940年便任县教育科长,并身兼一所农民夜校的校长。原剧团就是他于1940年成立的。

绿草如茵,生机勃勃,遍地开花。

乌木沟,从此也烙下文艺气质。彼时,距乌木沟残酷的烧人事件刚刚过后两个月。或许是巧合,或许是有意,要在这片血迹未干的鲜红大地上铺下一片绿茵。

政府重视,群众看好的绿茵剧团,就这样铿铿锵锵地开张了。

山沟里组建的剧团,自然要以山沟生活为主。很快,第一台秧歌剧出炉了,名字就是《山沟生活》。果然,山沟里的剧团,编剧的方式也是山沟的形式。这出剧,并非按剧本排戏,而是一边排戏一边编剧。山沟生活就是素材,山沟百姓就是剧中人。李天祥、李铁峰兄弟与胡玉亭策划完成构思后,给演员们安排角色。而分到角色的人,第一个任务就是要自己编台词。

爷爷怎么说话,伪军什么神情,鬼子如何残暴,百姓怎样勇猛,这些影像,就存在他们脑子里。拿不准时,就去生活中找原形。

争吵,整合,补充,完善,一天天下来,一个好本子就出来了。

1943年的春节,因为有了《山沟生活》,山沟里的军民充满欢乐。

台上演,台下恨;台上唱,台下哭。军民一道,忘了饥饿,忘了寒冷,一颗颗心更加激昂更加坚定。

首演成功,让绿茵剧团的成员们倍受鼓舞,他们一鼓作气,在短期内又相继创作并演出了秧歌剧《拥军拥政》与《抬担架》。不仅如此,剧团还针对很多晋剧戏迷,创作出晋剧《赐环》。

没有舞台怎么办?临时搭;临时也搭不起来怎么办?就在老乡的院子里;没有幕布怎么办?用床单代替;没有锣鼓怎么办?拿脸盆顶上;没有道具怎么办?借;没有灯光怎么办?自己制;没有胭脂口红怎么办?将红纸泡湿用;连红纸也找不到怎么办?那就对联上撕一角下来。

因为这个大用处,有对联的人家春节后便把贴过的对联轻轻揭下来,送给剧团用。

他们一沟一沟唱，一川一川跑。跑遍沁源，跑到安泽。

面对难民，他们唱：

"难民同胞们，你们真光荣，
忍冻受饿也不回去维持敌人。
望大家咬紧牙关坚持斗争，
熬过黎明的黑暗就是光明。
……"

一曲未罢，难民早已激动万分。尽管身处危难之中，反维持的力量却丝毫不松。于是他们跟着吼："忍冻受饿也不回去维持敌人"；跟着唱："熬过黎明的黑暗就是光明。"

光明，就在斗争的路上；希望，就在歌声飘向的前方。

正当山沟里的军民沉浸在绿茵剧团带来的欢乐中时，创立剧团并命名的胡奋之却在正月初二落入敌人的包围圈中。他是在乌木村曹家沟带领群众转移时被包围的。随后，胡奋之与200多民兵百姓一道，被押至阎寨西岭上。

密集的人群中，胡奋之被跟随日军的汉奸指认，被单独押往安泽县城。

胡奋之是大鱼。于是先封官许愿，他不应；怒而鞭打，他不应；烙烫等酷刑加身，他依然不应。审的人无力了，刑具也茫然了，他被关起来。

次日再审，他伤痕累累，却依旧。

正月初四，天吹着阴冷的寒风。已不成人形的胡奋之被拖出来，拴在一匹马的尾巴上。

扬鞭，马急驰。

一圈，一圈，血染安泽。

胡奋之去了。绿茵剧团的人忍下泪，唱起他生前亲自写的秧歌小调：

"喇叭小胡琴哪，唱给民众听，
正月十五日本飞机盘旋在沁源上空，
隆咚隆咚连声响，炸毁了沁源城。
弟兄们！
要报此仇恨哪，就要下决心，
赶快参加人民抗日军。
弟兄们！
持久抗战救中国，消灭小日本！"

"持久抗战救中国，消灭小日本！"一声声带泪的喊声，响彻太岳山上空。

绿茵剧团揭露日军暴行的剧目，越来越多。

一出比一出精彩的节目，不仅引得太岳军区司令员陈赓在春寒料峭的三月天坐在永宁沟的石头上专注看戏，还竟然吸引来日本人。那是1943年5月的一天，正在灵石县演出的戏场中，突然偷偷出现了十几个日本兵。衣着破旧的演员在台上，演的正是揭露日本鬼子残暴罪行的戏。或许是戏演得太好了，总之台上台下的情绪也感染了这些日本兵。戏演罢，不仅现场有本地青年要马上报名参军抗日，

绿茵剧团当时的活报剧

两个日本兵也竟然要留下来，从此改邪归正。

一次次胜利，鼓舞着剧团的人。一声声文艺惊雷，炸响山中。而剧团的成员，不仅仅是演员，还是战士。他们的演出途中，也常惊心动魄。为防意外，每个人身上都佩有枪支。不会打枪的女同志与少年，便在腰间别几枚手榴弹。他们一路演，一路观察，创作的所有剧目，全部与当前的斗争形势，以及老百姓的生活息息相关，各地掀起地雷战热潮时，他们及时编出《地雷战》《锻石雷》；为鼓励青年群众参加抗日，编排了《参军》《光荣抗属》《一封信》；为铭记英雄，他们编出《民兵英雄李德昌》《杀敌英雄李学孟》《劳动英雄胡长有》《女劳模胡让牛》。

百姓都说,绿茵剧团的戏,入情,入心,入眼;打动了无数人,带动了无数人。

绿茵剧团的演出,不是一出戏,不是一首歌,不是一个故事。每个剧目,是武器,是炮火,是号令;可春风化雨,也似战鼓擂动。每个看戏的百姓,都是戏中人;每个剧目,都是向明天的征程。

新中国成立后在郑州警备区任副政委的张计安多年后回忆:"1942年10月,年仅14岁的我怀着杀父之仇加入当时的'难民剧团'(后改为绿茵剧团),开始投入到抗击日军的斗争之中。"

1944年12月,王震带着359旅开进太岳区,周立波以战地记者的身份随行。在沁源的晚上,他与王震将军一齐观看野台子上的演出。灯是煤气灯,戏是民歌小调,却深深打动着他的心。演出结束后,他在当天的日记中这样写下:"绿茵剧社,又叫沁源难民宣传队,绿茵这名字相当风雅,只是和这一带被敌人烧毁的村庄有点不相称,但它表现了人们的一种希望。将来,把鬼子驱逐了,重建家园,这里是会遍野绿茵茵的……"

两年半围困期间,"绿茵剧团"就是在一片残垣的太岳山中,布下一片又一片绿茵,陪伴并激励着避难山中的沁源人,度过一个又一个黑暗,最终迎来黎明。

以沁源小调编演秧歌剧的活动,也在剧团的传播下普及起来,在沁源这片大地上蔓延开来。这些节目,老百姓统统称为"沁源秧歌"。

"绿茵剧团",也演变为"沁源秧歌剧团"。

今天,当沁源秧歌响起,总会有人想起曾经有一支顽强的文艺山花,在太岳山中,在沁河两岸,用歌声,用琴声,沐浴了战火硝烟。

1947 年夏天来信

一封信,是党的关怀;一封信,可润泽民心。
一封信背后的讲述,饱含深情与感恩。

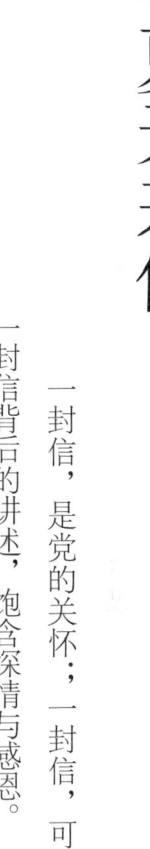

1947年夏天来信

> 行走途中,看到一封信。这是一封1947年的来信,这封信,与沁源围困无关;这封信,却是沁源围困的延伸。没有围困,就不会有这封信,就不会延伸出这种精神。

在全体沁源军民的坚持战斗与不断侵扰下,日军从1943年开始便不断从城内外撤。1944年春,被迫退守至城西草坡下一片地堡与窑洞中。1945年初,只得龟缩在草坡上下两个碉堡与一排窑洞中。

1945年3月初,太岳区党委与军区指示,决定在岳北各县及沁源军民的合力配合下,向日军发起总围攻。3月11日,4000余民兵齐上阵,由300多民兵组成12个爆炸队,运用各种战术围攻最后固

沁源1942

守的日军。3月24日至29日，日军几次突围不成。4月11日拂晓，在沁县联队部接应下，沿二沁大道逃出沁源县境。

至此，两年半的沁源围困战落下帷幕，沁县军民"将敌人围起来，再挤出去"的战略大获成功。

日本人离开两年后的1947年夏天，一封特殊的信来到沁源李元镇下庄村的王守仁家。

然而王守仁一家本可有所改变的那个夏天，又和以往所有的夏天一样沉静。

那个夏天，家园依然残败，生活困顿。所有的人家都残缺不全，一家一户都在悲哀中拼力维持生存。王守仁全家也一样，饥饿，贫穷。

可那个夏天，他收到过一封特殊来信。

这封信，本可以给全家带来好运。

可是，这封信，一直到68年后的2015年，王守仁六十多岁的儿子王建民在搬家时才无意看到。

一封从旧时光来的信，躺在王建民面前。

信封是竖的，从右至左分别写着：

邮至沁源县三区下庄村，交王守仁先生收，由十一旅卅一团长（寄）。

邮戳是"站邮二军区"。

打开信封，是一页油印字打出的信。信纸下方虽有缺失，却看得出几乎没有在什么人手中辗转过。初始的折痕整整齐齐，仿佛时

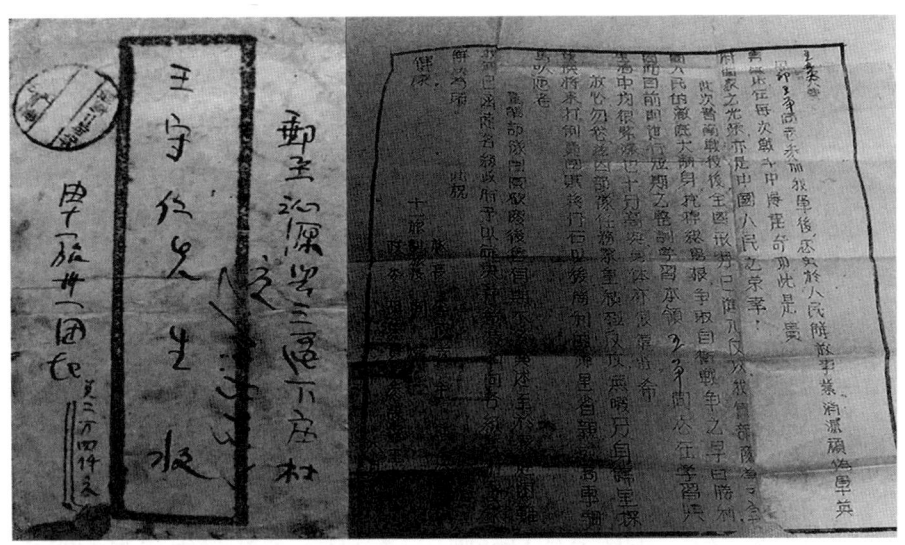

一封在箱底压了 68 年的来信

光不曾流动过。

内容如下:

王老太太指示：令郎王争同志参加我军后，忠实于人民解放事业，消灭顽伪军英勇无比，每次战争中屡建奇功。此是贵府阖家之光荣，亦是中国人民之荣幸。

此次晋南战役后，全国形势已进入反攻，我们部队为了全国人民的彻底大翻身，挖掉总穷根，争取自卫战争之早日胜利，因而目前则进行短期之整训学习本领。王争同志在学习与生活中均很紧张，也十分高兴身体亦很健壮，希放心勿念。兹因部队任务繁重，积极反攻，无暇分身归里探望。俟将来打倒卖国贼蒋介石以后，胜利的归里省亲或高车驷马以迎老驾临部队团圆欢庆。后会有期，不多赘述。至于家庭困难,我们已函达各级政府予以解决,并希持函向各级政府要求解决为盼。

此祝健康

落款分别是:十一旅旅长李成芳,副旅长刘丰,政委胡荣贵,主任侯良辅,参谋长王砚泉。

旅长来信,细数王家儿郎优秀。同时叮嘱王家老太太:"至于家庭困难,我们已函达各级政府予以解决,并希持函向各级政府要求解决为盼。"

最后这一句,才是来信目的吧。一定是,部队得知了王家艰难的处境,然前方烽火未灭,他们不忍英雄的家人还挣扎在吃不饱肚子的困境中。

于是由旅长李成芳亲授,携副旅长、政委、政治主任及参谋长联手发出这样一封分量非常的信。

信没有确切日期,但看内容知道是解放战争时期的晋南战役之后。晋南战役始于1947年4月4日,5月12日结束,历时37天,解放了翼城、新绛等25个县城及侯马、风陵渡等多个重镇。

信中提到的王争,是收信人王守仁的弟弟,晋南战役时为四纵11旅31团作战参谋,全程参与了晋南战役。尤其是其中的运城西关一战,他更是几次冒险侦察后亲自制订出"奇袭与强攻相结合"的作战方案,最后大获全胜。也因此在信中,才会出现"英勇无比""屡建奇功""阖家之光荣""人民之荣幸"这样极尽褒奖的词语。

王守仁是王争的二哥。他们所在的,是一个特别的家庭。抗战岁月中,全家出粮出兵又出力。王守仁的父亲王廷祯与母亲刘金凤育有6个儿子，个个英勇。那时候，老大是村里的财粮主任；老二王守仁是民兵队长；老三成为新中国成立后沁源最早的公安局局长；老四王争更是随部队一路征战，一路立功；老五王谨与四哥王争一起，当年也是太岳军区决一旅25团一名战士。抗战结束后，母亲又亲手将老六送进25团，追随几位哥哥参加了解放战争。

从内容上推断，这该是1947年夏天的一封来信。信中称呼的"王老太太"便是王争的母亲刘金凤。这封信从部队来到村庄，由旅长签发给村民。这是一封保命信，也是一封扭转家庭命运的信。

多年后发现信件的王建民不会知道，当时父亲收到信的心情，奶奶看到信的感受。

娘俩在灯下一字一句读完信，说了什么？

儿子被部队首长如此赞誉，"王老太太"必然欣喜异常。然而"至于家庭困难"，她并未责成儿子"持函向各级政府要求解决"，尽管对方"已函达各级政府予以解决"。

"如果那样，可能就不是我们王家做派了。"发现压在箱底的这封信之后，王建民丝毫不感到意外，因为几十年来，他陆陆续续、断断续续，从别人口中知道了家族在那个岁月的一些往事。

抗战时期，家中的碾子、磨盘几乎天天连轴转，就是给八路军战士供米面。

那时候，王守仁家是八路军最信任的地方，身兼疗伤、开会、联络等多项功能。家中住过多少伤员，王建民没听父亲说起过，只知道1972年，父亲去昆明看望四叔王争，当时任昆明军区副司令员的梁中玉听说后，专门接见并宴请了父亲。缘由就是当时在太岳军区决一旅25团任参谋长的他受伤后，在王守仁家养过一段时间伤。

沁源 1942

时空隔断几十年,从太岳山区到云贵高原。当年山中征战的团参谋长彼时已经是军区副司令,当年奔跑在大山深处的民兵队长依然是山中的农民。然而说到当年,却是情同兄弟,如痴如醉。两双手紧紧握在一起,一双含着感激,一双蕴满欣慰。

太岳山中农民王守仁,除了两只手指上的伤,身上还挂着无数引以为傲的事迹。然而他多年来一直默默放在心里,从未给孩子们讲起。就是当过民兵队长这事,王建民也是多年以后无意间听叔叔讲起的。

那时候,王守仁与民兵们最重要的事就是配合太岳军区工作,保护老百姓。尽管几次遇险,都被他机智地脱了身。最危险的一次,是当他与几位民兵把村民安全转移后,自己却没了跑的时间,被抓,一起的还有他的弟弟。两位精干的民兵到了手里,敌人欣喜若狂,从下庄村把他们绑到 5 华里外的李元村。王守仁记得清楚,到了就是中午,吃饭时间。或许是都饿急了,岗哨竟有了松懈,兄弟俩瞅准机会,顺利跑了出来。

然而刚刚出来,就被发现了。兄弟俩会意,一南一北分头奔跑。追的人或许是没有看到弟弟,或许是没想到两人会分开,总之只朝着王守仁跑的方向追。

民兵队长王守仁何等伶俐。这个在大山中奔跑过不知道多少回的青年男子,甩开双臂,风一样飞驰。敌人被远远甩在后面。眼看无力追上,只好举起枪。

嗖——子弹像长了眼,朝着王守仁飞来,到他的肩头处,却闯了空,继续向前。然而正奋力跑动的他一只手恰好上扬在几乎与肩平处,子弹于是撞上他扬起的食指与中指。

一颗罪恶的子弹将两根手指连续打穿。王建民说,父亲的两根手指从此连在一起,再也没能分开过。

今天提起,王建民连连说尽管手指上留了痕,却幸运地跑掉了。

开国中将李成芳、周希汉,这些名字王建民都无比熟悉,因为当年,他们都驰骋在太岳山中,都曾生活和战斗在沁源这片土地上。那时候,他们都是父亲家的常客,与王家人都是亲密朋友。

这样一个特殊的家庭,自然要受到王争所在部队牵挂。为了解决前方杀敌英雄的后顾之忧,让英雄的家人不挨饿,他们在 1947 年的夏天,联名签发出这封信。

1947 年夏天的一封来信,受到关注竟然在 68 年之后。这封陈旧的信纸,捧在王建民手里。一字一句,他读了无数次。

读着读着,他似乎突然懂了,当年的父亲与奶奶,一定更期待信中描述的一个时刻,那就是:"胜利的归里省亲或高车驷马以迎老驾临部队团圆欢庆。"

他没机会目睹,却总是要一遍又一遍,想象着那个高车驷马团圆欢庆的场景。

这就是沁源

◎后记

"一场伟大的战争!一场完全意义上的人民战争!"走过沁源,惊心动魄,感慨万千。

从1942年秋,到1945春,沁源军民对敌作战2730次,毙伤敌伪3078名,生俘特务汉奸245人。整整两年半的沧桑荣辱,笼满一片叶子周身,叶脉,叶身,叶尖,叶根,斑斑血迹,点点泪痕。

英雄旧居,惨案遗址,每一处,我都不止一次走进,以最原始的方式一步步攀上，越下，丈量，瞻仰。曾经的血色黄昏，烽火清晨，而今也是忽阴忽晴。曾经血流遍地之所，而今杂草丛生。

翻山越岭。可是，那不仅仅是一道道山梁，一条条沟壑，一段段河流，更是一片片鲜血，一把把尸骨，一串串数字。

1951年4月21日《山西日报》刊登《沁源人民的血泪控诉》一文记，整个抗战时期"日军杀我沁源人民9153人，被敌俘去生死不明者1573人，被敌残杀而成残废者14250人……牵走和宰杀牲畜11143头，猪27590口，羊14610只……烧房屋2246935间，砍伐树木17600株，抢劫粮食10700多石。"

两年半时间，900多个日日夜夜，沁源以八万人的弱小力量，贡献出一万多优秀子弟参军，养育了太岳区八个县的抗日政权，以及两个子弟兵团。从1937年到1945年，八万沁源人近一万牺牲，一万多百姓致残。

那仅仅是一串串数字吗？那是一个个无数次死去的生命，是一份份无上强大的力量。

数字太长，我无法一一寻觅。那片叶子上，我走得磕磕绊绊，跌跌撞撞，无数次摔倒，又无数次爬起。触碰的每一寸土地上，都有沁源人的血迹，呐喊，气息，进而是气节。

对，气节。

转移之初，正是因为有县围困指挥部不断在党内强调气节教育与党员的先锋模范作用，才有了一批又一批死心塌地跟随的人；转移之后，正是因为"哪里发生问题多，哪里就能找到党组织，找到刘开基"，才有了沁源围困战的胜利，才有了一群"英雄的人民"，以及一座"英雄的城"。

沁源 1942

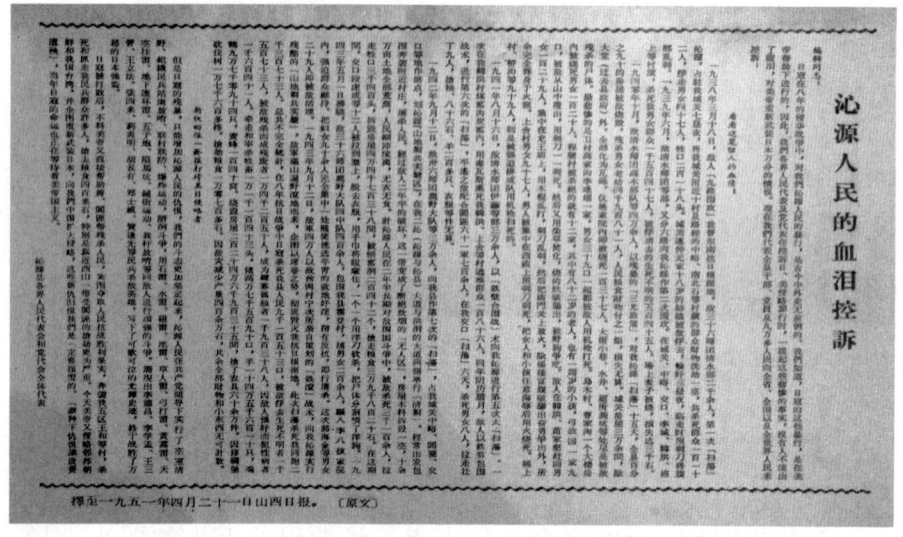

1951年4月21日《山西日报》刊登的《沁源人民的血泪控诉》原文

时任太岳区二地委书记、亲自参与指导沁源围困战的史健曾说过,"沁源'两年半'的胜利,和启用了一个有觉悟、有群众基础的当地人(刘开基)有重要的关系。"

正如1944年2月4日的《解放日报》报道中所言:"人民的公仆——抗日政府,和人民的儿子——八路军、决死队、游击队,是和群众一起打发着日子的。"

一个核心人物,一群坚定的跟随者,怀着一个坚定的信念,朝着一个正确的方向,义无反顾,泣血前行。

八万沁源人,在危难袭来之际不屈不挠,万众一心,排除万难,联手唱响一曲保卫家园之歌,悲怆淋漓,艰苦卓绝,荡气回肠,谱就出一种独一无二的沁源精神。

两年半,家散了,但党组织没有散,百姓没有散,反而越聚越拢，越战越强。

最终，沁源人披荆斩棘，走向终点，让鲜红的旗帜高高飘扬在太岳山上。

然而人们看到的是胜利，看不到的还有背后的壮烈、艰难、隐忍、压力，以及磨难。沁源人有大格局，大视野，始终没有将自己放在一个县的位置上对待那场战争。因此沁源围困战，便不仅仅是一场将敌人赶出家园、光复县城的战争。两年半艰难的围困战，彰显了沁源人民罕见的民族气节与坚强不屈的时代精神，八万沁源人以巨大的牺牲，保卫与巩固了抗日根据地，不仅成为太岳抗日民主根据地一面旗帜，鼓舞了全国人民抗击侵略者的士气，而且还支持了世界反法西斯战争在东方战线的胜利，成为世界反法西斯战争中的典型战例。

特等民兵杀敌英雄李德昌在抗战结束后，曾受邀出席在原捷克斯洛伐克首都布拉格召开的第一届"世界青年联欢会"，专门介绍太岳区抗日情况。1978年，出生于沁源的美籍华人、著名物理学家任之恭博士第一次回到家乡时说，"沁源围困战当时在美国很有名，是个世界历史奇迹，是沁源人的骄傲。"

英雄遍地，英雄满村。书中的人物，便是这片土地上随意碰到的人。然而沁源人并非天生的英雄，那些和战士们一样在烽火中穿越的民兵，也是普普通通的农民，他们也曾没有规矩，不受约束，正如陈赓在日记中写到的那样，初始阶段，很多民兵"爱面子，散漫，爱埋怨，要出风头"。然而面对家园被侵，他们没有束手就擒，而是选择接受中国共产党的引领，舍小家顾大家，舍小我顾大局，一天天成熟，壮大，成长为保家卫国的英雄。

沁源 1942

《向沁源军民致敬》 《解放日报》社论节选

　　沁源并非没有汉奸，而是将出现的及可能出现的汉奸及时掐灭、镇压。"任何地方发生什么问题，党组织随时知道。"这就是最简单却至关重要的制胜法宝。

　　这本书，呈现的是沁源两年半围困期间一个个普通沁源人的信念、坚守与选择。他们是平民，他们却是英雄。他们中的每一个，都可以代表沁源的形象，甚至民族危亡之际中国人的形象。他们每个人身上，都有一种威武不屈、不怕牺牲、勇于奉献的沁源精神。

　　这本书想传递的，就是一种精神，一种在家园被侵占后奋起反击的精神，一种无刀无枪却宁死要往上撞的精神。

　　今天，沁源这片叶子，早已丰盈如初，绿油油的，发散着春天的光芒与色泽。之前不懂，沁源的绿为何如此独特，而今明白，它绿茵般的身躯竟是鲜血滋养出来的。

从 2018 年夏，到 2020 年春，我的每一次走访，都有沁源县文联主席程庆莲与工作人员李贝贝陪同。中间，当然还有我不能一一记下名字的沁源人，宣传部，史志办，各乡政府，村干部，甚至当地的普通百姓。他们一个一个，跟着我冒酷暑，顶寒风；陪我一次次翻山越岭。他们并非仅仅为了陪同我寻找到一处处遗址，而是以一个个新沁源人的身份，努力打捞那些被时光覆盖的旧痕。

他们的身上，何尝不也流淌着一种沁源精神。

沁源的高速，很快就会通了；沁源的高铁，很快会有了。

再到沁源，不必翻山越岭。能轻易走进沁源的人，越来越多了。然而当你惊叹那满眼绿时，别忘记深埋在地下依旧滚烫的红。

注： 本书参考资料有 1988 年 3 月山西人民出版社出版的《围困沁源》（弓世懋编著）、沁源县档案局 2019 年 3 月编写的《沁源围困战》（民兵、战斗英雄篇）、方志出版社 2004 年 10 月出版的《沁源抗战实录》之《日军罪行录》（张成仁、赵庆和主编）、中央文献出版社 2011 年 8 月出版的《公仆刘开基》（刘晋英主编）、三晋出版社 2011 年 12 月出版的《刘开基文集》（刘晋英主编）、北岳文艺出版社于 2005 年 6 月出版的《铁血战魂》（高平、北方著）、山西传媒集团山西人民出版社于 2012 年 10 月出版的《喋血的记忆》（高玉峰、郭天红主编）、1942-1945 年《解放日报》中关于沁源围困战的报道，以及刘晋英所写《"沁源围困战"的战略性意义》一文。

图书在版编目(CIP)数据

沁源 1942 / 蒋殊著. —太原：山西经济出版社，2020.7（2021.1 重印）

ISBN 978-7-5577-0746-0

Ⅰ.①沁… Ⅱ.①蒋… Ⅲ.①报告文学—中国—当代 Ⅳ.①I25

中国版本图书馆 CIP 数据核字（2020）第 148382 号

沁源 1942
QINYUAN 1942

著　　者：	蒋　殊
出 版 人：	张宝东
项目总监：	李慧平
出版策划：	陈彦玲
责任编辑：	吴　迪
摄　　影：	王小毅
装帧设计：	壹 971
出 版 者：	山西出版传媒集团·山西经济出版社
社　　址：	太原市建设南路 21 号
邮　　编：	030012
电　　话：	0351-4922133（市场部） 0351-4922085（总编室）
E-mail：	scb@sxjjcb.com（市场部） zbs@sxjjcb.com（总编室）
网　　址：	www.sxjjcb.com
经 销 者：	山西出版传媒集团·山西经济出版社
承 印 者：	山西出版传媒集团·山西人民印刷有限责任公司
开　　本：	787mm×1092mm　1/16
印　　张：	16.5
字　　数：	180 千字
版　　次：	2020 年 7 月　第 1 版
印　　次：	2021 年 1 月　第 2 次印刷
印　　数：	15001—30000 册
书　　号：	ISBN 978-7-5577-0746-0
定　　价：	59.00 元

红色的沁源初心未改,绿色的沁源生命永存……